새벽 세시,
공시생 일기

공시생이 되었고
노량진으로 갔다

남세진 지음 · 재주 그림

새벽 세시,
공시생 일기

애플북스

솔직히 말하면, 우습게 생각했었다.

어쩔 수 없이 선택한 길이겠지만
누구나 가는, 획일화된 그 길을 가야만 하는 거냐며
아주 잠깐은 차가운 눈초리를 보냈다.
나이 먹고 할 거 없어서 공무원 준비하느냐며
아주 조금은 한심해 했다.
그렇게 만든 세상을 탓하기도 했지만
정말로 최선을 다해 죽을 만큼 노력했나,
의심하기도 했다.

솔직히 말하면, 쉽게 생각했었다.

고작 100분의 시간 동안에
겨우 100개의 문제를 푸는 게 뭐가 어렵냐며 얕봤다.
고3 때처럼 딱 1년만 마음잡고 보내면 되는데
설마 그때보다 힘들겠냐며 무시했다.

하지만 가슴 답답함을 털어낼 곳이 없는 존재가 되고 나니,
외로움을 강요받는 생활을 하다 보니,
숨소리마저 조심하며 하루를 보내다 보니,

"요즘 뭐 해?" "공부 잘돼?"
생각 없는 물음에
한없이 깊은 바다에 빠져버리기도 했다.

아파트 옥상을 보며 '저기서 뛰어내리면…'
지하철이 들어올 때 '여기서 뛰어들면…'
말도 안 되는 상상을 하기도 했다.

단순했던 친구들과의 관계가 복잡해지고
기대기만 했던 부모님과의 관계도 무거워지면서
가벼운 마음으로 공부에 전념할 수도 없었고
작은 눈짓 하나에 상처받기도 했다.

멈춰 서 있는 나를 빠르게 지나치는 사람들을 볼 때면,
나 없이도 끊임없이 움직이는 세상을 바라볼 때면,
가만히 있어도 자꾸만 숨이 찬다.

그제야 '내가 너무 쉽게 생각했구나,
너무나도 우습게 생각했구나.' 깨달았다.

그리고 그럴 때마다 조금씩 쓴 일기가 쌓였을 때,
그제야 나는 또 깨닫게 됐던 것 같다.

'아, 정말 깜깜한 밤 같은 시간이었구나.
그러니 내가 쓴 글도 어두울 수밖에 없겠구나.'
하지만 나는, 오히려 그래서 더 좋았던 것 같다.

나와 같은 상황의 사람을 만났을 때,
그런 사람이 쓴 글을 보았을 때.
나만 이런 게 아니구나, 나만큼 힘든 사람들이 많구나,
위안이 되는 순간도 참 많았기 때문에.

그 두려움 안에서 성실하게 견디는 사람들을 볼 때면,
혼자라는 생각이 조금은 사라졌으니까.

그 막막함과 씨름하며 버티는 사람들과 마주할 때면,
억울한 마음이 조금은 없어졌으니까.

나의 이야기도 누군가에게,
그런 위로를 안겨 줄 수 있었으면 좋겠다.

술자리 있다고 부르면 거짓말해서 피하고
오랜만의 친구 연락도 다음에 꼭 만나자며 거절하고
슬퍼도 꾹 참으며 가까운 사람의 아픔을 모른 척하며
책상으로 돌아가, 스스로를 가둬 버리는 것이
사실 나만 그런 것은 아니라는,

저렇게까지 아등바등하는 건 과하지 않느냐고
그렇게까지 할 필요가 있냐고 말할지 모르지만
보잘것없는 사소한 노력과 사소한 정성을 다하는 것이
사실 나만 그런 것은 아니라는,

위로가 되어 줄 수 있다면 좋겠다.

남세진

contents

프롤로그 • 4

1장 이상한 나라의 공시생

일기 • 12 뭐니 뭐니 해도 머니 • 14 스터디 중독증 • 18 딜레마 • 21
암기법 • 24 살림 차리기 • 26 쫄면과 참치김밥 • 28 노량진 복병
TOP3 • 30 잠 • 35 잔인한 4월 • 38 모의고사 • 40 컨트롤 • 44 그거
면 됐다 • 46 식욕 • 49 유혹 • 52 늘어나는 건 • 54 합격하는 법 • 55

2장 나는 아직, 생의 한가운데

고백 • 60 독 • 62 열정 없이 담담하게 • 65 정면돌파 • 68 하늘자
전거 • 71 힘 빼기 • 74 셈이 먼저인 사람 • 78 복수 • 82 집으로 돌
아가는 길 • 86 비참한 순간 • 90 응급실 • 93 머뭇머뭇 • 98 산책 •
100 사계절 • 102 책 • 104 하고 싶은 것 • 106 마음속 친구 • 108

3장 서툴고 어설퍼서

모든 게 별일이다 • 114 새벽 세시 • 117 무한신뢰 • 120 공평하
지 않은 세상 • 124 좋은 누나 • 127 십년지기 • 130 그해 가을 • 134
어쩌면 • 136 마음에 속지 마라 • 138 사실은 • 140 엄마처럼 아빠
처럼 • 143 그게 아닌데 • 146 아이러니 • 148 기대 • 149 River • 152
북두칠성 • 155

4장 그토록 듣고 싶었던, 혼잣말

최선의 의미 • 160 지하철 • 162 소리 내 읽기 • 164 괜찮다 괜찮다
다 괜찮다 • 167 빠른 길 • 170 모른 척 • 172 보편적인 불안 • 175
하루분 • 178 위로1 • 180 두고 봐 • 182 당신은 • 186 만약에 • 188
끝나도 • 190 위로2 • 192 예비공무원 • 193 임용식의 기억 • 197

공무원시험 꿀팁 Q&A • 202
에필로그 • 213

1장

이상한 나라의
공시생

일기

누군가는 나에게 물었다.
시간도 없는 공시생이 왜 일기를 쓰냐고.
그럴 시간에 한 글자라도 더 보고
하나라도 더 외워야 하는 것 아니냐고.

그는
제대로 공부를 해본 적 없는 사람이다.

혼자 있는 시간이
하루 대부분인 사람들에게
일기, 잠깐의 끄적임은

한 시간의 공부보다 훨씬 중요하다.

'오늘 하루는 왜 이렇게 길게만 느껴졌는지,
그 긴 시간 동안 내가 한 게 고작 이 정도뿐…'
하루 끝에 오는 자괴감으로 시작해

'이런저런 이유에 자주 넘어졌지만
아직 끝난 게 아니니,
힘겹지만 소중한 한 걸음 또 한 걸음을
내딛다 보면 어느새 도착해 있을 거야.
그러니 조금만 더…'
토닥거림으로 끝나는 이 시간이,

당신에겐 무용지물, 사치로 보일지 몰라도
내게는 견뎌 낸 오늘 하루의 의미를 짚어주고
더디더라도 내일 또 한 발 내디딜 힘을 준다.

그래서 난 오늘도 일기를 쓴다.

뭐니 뭐니 해도 머니

"어떻게 또 돈을 부쳐달라고 해.
견딜 수 있을 때까지 견뎌야지."

"아무것도 안 했는데
돈은 어디로 빠져나가는 거야."

학원 쉬는 시간,
화장실에서 들었던 대화가 온종일 머릿속을 떠나지 않는다.
두 친구의 고민은
노량진에서 생활하는 누구나 드는 한숨이다.

매일 새벽 5시에 일어나 노량진으로 향한다.

온라인 프리패스 강의 100만 원.

건축구조 건축계획 학원비 120만 원.

아침 하프 모의고사 월 10만 원.

그간 교재비로 쓴 돈만 40만 원이 넘는다.

아침 수업 후 독서실에 가고 싶지만

'월 15만 원은 무리다.

또 손을 벌릴 순 없다.

공부는 어디서든 할 수 있다.'

신호등 건너 건물에 월 15,000원짜리 사물함을 잡아놓고

버거킹 건물 6층 또는 9층 자습실로 향한다.

아침은 될 수 있으면 먹지 않는다.

출출하면 집에서 싸 온 바나나를 먹는다.

하루 식비는 5,000원을 넘기지 않는다.

1,500원짜리 김밥은 최고의 메뉴이다.

되도록 고시식당을 이용한다.

고시식당에선

밥다운 밥을 3,900원에 먹을 수 있다.

공부가 정말 잘 되거나 아예 안될 때는

500원을 더 주고 프리미엄 원두커피를

마시는 사치를 부린다.

자습실로 돌아가는 길 다짐한다.

'꼭 합격해서 맘 편히 커피를 사 마실 테다.'

밤 10시 녹초가 되어 집으로 돌아가는 지하철 안.

노량진에서 생활하면

이동시간 3시간을 줄일 수도 있겠다는 생각.

노량진에서 공부하면

잠을 2시간 정도는 더 잘 수 있겠다는 생각.

'방세만 월 50만 원, 생활비는 그보다 더 들겠지.

몸은 편할지 몰라도 마음은 그만큼 더 무거울 거다.

그러니 왔다 갔다 운동한다 생각하자.'

온종일 하는 일이라곤 책상 앞에 앉아 있는 게 다인데

숨 쉬는 것만으로도 돈이 든다.

스터디 중독증

새벽 6시.

알람 소리에 겨우 일어나 무거운 몸을 이끌고 화장실로 가,

칫솔 물고 찰칵! 기상 인증 스터디.

아침 8시.

도서관 자리를 잡고, 사물함에 있는 책들을 갖고 와,

책상 세팅을 마친 후, 카메라로 찍어 입실 인증 스터디.

10분 단위 스케줄러에

오늘 공부해야 하는 것을 작성해

하루 목표 달성 인증 스터디.

노트북을 열어 카메라를 켜고 **캠 스터디**.

오전 11시.

어제 출제해 놓은 문제들을 밴드에 올려,

영어 하프 모의고사 단어 스터디.

잠들기 전까지 손에 쥐었던,

국어 한자 & 외래어 스터디.

오후 1시.

고시식당 앞에서 모여 함께 식사하는, **밥터디**.

오후 3시.

쏟아지는 졸음을 쫓으려, **한국사 깜지 스터디**.

오후 5시.

전근대사 50개, 근현대사 20개 풀기,

한국사 기출 스터디.

분야별 공부 인증하는,

선택과목 회독 스터디.

밤 10시.

고단한 몸과 지친 마음을 달래며, 공부 시간 인증 스터디.

스터디만 하다가

또 하루가 갔네.

딜레마

한번 책을 펼치면,

공부를 할 수도 안 할 수도 없게 된다.

한번 책장을 넘기면,

다음 장으로 모른 채 넘어갈 수도 없고

다시 처음으로 되돌아갈 수도 없게 된다.

한번 책을 다 훑으면,

알면서도 모르는 것 같고 모르면서도 아는 것 같아진다.

이것이 제1의 딜레마.

보고 있는 이 책을 다 끝내버리겠다고 마음먹다가도

눈을 들어 책꽂이의 다른 책들을 보면,

나는 그것들에 마음을 빼앗긴다.

이것만 해결되면 더 이상 바랄 게 없겠다 싶다가도

낯선 것들이 익숙해지기 시작하면

나는 이것 말고 저걸 잘하고 싶어진다.

이것이 제2의 딜레마.

이제 더 이상 모르는 게 없다 확신하다가도

또 책만 보면 '어? 이런 것도 있었나?'

어디서 자꾸만 새로운 것들이 나타난다.

이번엔 확실하게 짚고 넘어가겠다 다짐하다가도

눈으로만 아는 것들, 애매하게 아는 것들만 마주치면

'다 아는 거지?' 악마의 속삭임이 시작된다.

이것이 제3의 딜레마.

틀린 문제를 두 번 다시 안 틀리겠다는 마음에

체크해 놓은 문제를 여러 번 풀다 보면

정말 알고 맞히는 건지,

아니면 정답을 외워버린 건지 헷갈린다.

얼른 끝내야 한다는 조급함에 책상에 앉아도

'이것도 해야 하고 저것도 해야 하는데' 마음만 바빠서

우왕좌왕 허둥대다 시간만 흘려보낸다.

이것이 제4의 딜레마.

매일 아침 '이번에 꼭 합격해서…'

다짐하며 하루를 시작하다가도

마음 한편으론 '만약 다음 시험을 준비하게 되면…' 의심하며

올 시험을 포기하는 나를 발견하게 된다.

조금씩 아는 것이 많아져,

조금만 더 하면 붙을 거 같다가도

몇 번이나 봤던 문제들이 아직도 헷갈려,

아무리 해도 결국 안 될 것 같은 불안에 휩싸인다.

이것이 제5의 딜레마.

암기법

스님이 될 것도 아닌데

하남 하사창동 철조석가여래좌상

논산 관촉사 석조미륵보살입상

안동 이천동 마애여래입상

영주 부석사 소조아미타여래좌상

요리 보고 조리 봐도 비슷한 사진을 보며

억지로 차이점을 만들어 외우고,

셰프가 될 것도 아닌데

오돌뼈가 아니라 오도독뼈

랍스터가 아니라 로브스터

쉬림프가 아니라 슈림프

도너츠가 아니라 도넛

익숙하지 않은 음식명을 눈에 익히려 애쓰고,

어디서든 공부해보겠다고

잘 안 외워지는 한자를 화장실에 붙여놨더니

어느 것 하나에도 집중을 못 하겠고,

영어단어는 많이 보는 게 최고의 방법이라고 해서

앞면엔 영어를 뒷면엔 뜻을 적은 카드 100장을 만들었는데

정작 한 번도 안 보고,

진짜 안 외워지는 거만 벽에 붙여야지 시작한 게

하나둘 쌓여 한쪽 벽면을 다 채워

엄마에게 그러다 도배하겠단 소리를 들으니

별의별 방법을 다 쓴다 싶다.

살림 차리기

수시로 물 마시는 게 좋으니까 텀블러, 머그잔 갖다 놓고
책 놓는 소리 신경 쓰지 않으려고 데스크 매트 깔고
거북목 막아보겠다고 모니터 받침대 사서 넣어두고
오래 앉아 있으면 다리 부으니까 발 받침대 가져다 두고
겨울잠 준비하는 곰마냥 각종 차, 주전부리 쌓아두고
5과목 기본서, 문제집들을 깔끔하게 세워 놓고
추울 수도 있으니까 쿠션과 담요를 가져다 두고
공기 정화한다고 작은 화분 하나 갖다 놓고
건조하니까 물에 적신 수건도 널어두고
펜, 메모장을 종류별로 펼쳐놓고 보니
독서실에 살림을 차렸구나, 싶다.

쫄면과 참치김밥

새콤달콤한 쫄면

거기다 마요네즈 듬뿍 넣은 참치김밥.

어제저녁부터 머릿속을 가득 채운 음식들.

오전 내내 상상하다, 11시 반에 자습실을 나선다.

분식집에 들어가 쫄면 하나 참치김밥 한 줄을 주문한다.

음식이 나오기 전 단무지를 챙긴다.

단무지가 합쳐져야 삼합의 완성!

아주머니가 먼저 주신 어묵 국물로 목을 축인다.

이윽고 쫄면과 참치김밥이 나온다.

주위 테이블을 살핀다.

다들 김밥 한 줄 혹은 라면을 먹는다.

그들 사이에서 부르주아가 된 기분을 느낀다.

젓가락으로 참치김밥 하나를 집어 눕히고

그 위에 적당량의 쫄면을 올린다.

한입에 넣기엔 생각보다 양이 많지만, 괜찮다.

한두 번 힘겹겠지만 금방 사라질 거니까.

빵빵했던 입안에 공간이 생기면 단무지를 넣는다.

가득 음식을 채우고 꼭꼭 씹는다.

행복하다.

행복함을 느낀다.

노량진에서 위로를 받는 법은 생각보다 간단하다.

노량진 복병 TOP3

복병 1,
"전단지 아주머니들을 뚫어라!"

노량진역에서 나와 신호등을 건너면

가장 먼저 만나게 되는 전단지 아주머니들.

눈 안 마주치기, 바쁜척하기, 모른척하기 공법을

다 써봤지만 통하지 않는다.

다짜고짜 주는 종이 쪼가리들을 피할 길은 없다.

강의실에 도착할 즈음 손에는

각종 강의와 강사들이

인쇄된 팸플릿이 한 뭉텅이.

노량진 거리를 채우는 또 다른 무리는

노량진 탐방이 목적인 관광객들.

컵밥, 와플 등등 각종 먹거리를 맛보기 위해 방문한 사람들.

풍경이 신기한 듯 두리번거리며

걸어가는 뒷모습만 봐도

그들이 공시생이 아니라는 걸 단번에 알 수 있다.

덕분에 학원 가는 길은 생각보다 빡빡하다.

땅만 보고 걸어야 한다.

오로지 걷는 행위에만 집중해야 한다.

그렇지 않으면 수업 전에 강의실 도착은 힘들다.

복병 2,

"생각보다 힘든 강의실 입실!"

1타 강사 실강을 듣겠다 마음먹었지만,

30분도 안 되어서 실강반 마감.

대학 시절 수강신청보다 더 힘든 실강반 입성.

같은 돈 내고 인강 듣는 느낌이 들어도

울며 겨자 먹기로 영상반 등록.

툭하면 전송사고에, 실강반보다 뭐든 부족하고 느린 건 덤.

실강반에 입성해도 선생님 얼굴 보기는 하늘의 별 따기.

오전 9시 수업이지만 입장 줄은 아침 7시부터 시작된다.

강의실은 6층인데 입장 줄은 금방 1층까지 내려온다.

특강의 경우엔 더 일찍, 더 오래 기다려야 한다.

여름엔 땀범벅, 겨울엔 오들오들.

기다리다 지친 몸을 이끌고 겨우 자리에 앉았지만,

아뿔싸! 하필 기둥 뒷자리.

한 공간에 있지만 선생님 얼굴은

실강반 안에 설치된 모니터를 통해 만난다.

이럴 줄 알았으면 기다리지 말걸….

후회해보지만 후회는 언제나 늦다.

복병 3,

"기다리고 기다리고 또 기다리기, 무한대기 룰렛!"

수강 첫날, 또 한 번의 사투를 벌여야 한다.

개강 당일에 맞춰 교재를 출판하는 이유는 뭘까,

1주일만 빨리 내놔도 줄서기는 안 할 텐데….

불만 가득하지만 우리는 또 줄을 설 수밖에 없다.

아무리 일찍 와도 소용없다.

교재를 사고 싶은 사람은 몇백인데,

직원은 겨우 두세 명에 불과하기 때문이다.

개강일만 붐빈다고 생각하면 오산.

평상시에도 데스크에 도착하면 기본 1시간은 기다려야 한다.

사람 없는 시간 피하려고

아침, 점심, 저녁 다 가봤지만 소용없었다.

언제나 접수 대기인원 50명은 기본.

접수증 뽑아놓고 한두 시간 있다 와도

내 차례는 지나가지 않으니 인내심을 갖고 기다릴 것!

잠

이대로 가다간 합격을 못 하겠다.
아무리 해도 올해는 힘들겠다.

메워도 채워도
밑 빠진 독에 물 붓기 같다.

믿었던 것들을 자세히 보니
군데군데 구멍이 나 있고

지지세 하는 것들은
나에게 좌절감을 준다.

과연 내가 해낼 수 있을까.

내가 가고 있는 길이 맞는 걸까.

확신이 들지 않는다.

이럴 때 나는 잠을 잔다.

아침이 된다고 문제가 해결되는 건 아니다.

밀린 진도가 원래 계획에 맞춰져 있지도 않고

갑자기 고득점이 되는 기적이 일어나지도 않는다.

하지만

막연하게 찾아오는 불안함,

땅속으로 가라앉는 기분,

미래에 대한 근거 없는 상상들,

밤의 걱정들은 대부분 사라진다.

어젯밤 했던 어떤 고민은

8시간 후 지나보면,

더는 고민거리가 아니었다.

마음먹기에 따라

잊을 수 있는 일이 되기도 했다.

아침이 되면,

눈 질끈 감고

다시 달릴 용기가 생긴다.

마음 꾹 먹고

다시 책에 손 뻗을 힘이 생긴다.

그러니,

일단 자자.

잔인한 4월

봄이 오면 꽃이 피듯
나도 뭔가 달라질 거라 생각했지만
아무것도 없는 나의 지금.

봄이 오면 얼음이 녹듯
나에게도 뭔가 있을 거라 생각했지만
꽁꽁 얼어버린 나의 마음.

설레었던 그 희망은,
어두운 땅속으로.

두근거렸던 그 심장은,

차가운 얼음 속으로.

모의고사

'또 50점이다.'

교실 뒷문에 적혀있는 점수를 확인할 때면,
매주 꼬박꼬박 현실과 정면으로 마주칠 때면.

50일 남짓 남은 시간.
할 수 있겠다는 희망보다 이번엔 안 되겠다는 절망이,
충분하다는 만족보다 부족하다는 불만이 먼저 떠오른다.
정말 열심히 했는데 해도 안 된다, 실망할 때면
죽을 만큼 노력한 건 맞나 의문이 생긴다. 자괴감이 든다.

자리로 돌아와 앉는다.

그 순간 앞자리 학생의 점수가 눈에 들어온다.
'85점'

대체 저 점수는 어떻게 해야 얻는 걸까, 궁금해하다가
감히 바랄 수 없는 점수다, 비관을 하다가
나도 저렇게 될 수 있지 않을까, 근거 없는 기대를 하다가
60점만 넘으면 좋겠다, 자신 없는 목표를 꿈꾸다가
저 학생은 합격하겠다, 좋겠다, 부러워하다가
저 사람 때문에 내가 떨어지겠다, 괜한 곳에 화풀이하다가
역시 비전공자는 힘든 거였어, 의미 없는 위로를 하다가
수업이 시작된다.

열정적인 선생님의 강의
고개를 끄덕이며 수업을 듣는 학생들.
끄덕일 수 없는 나, 혼자가 된다.

모의고사 수업에서 처음 듣는 이론들을 듣고 있으면
심화이론에 나오는 것들이잖아,

모르는 게 당연하지 싶다가

그래도 이건 너무하잖아, 부끄럽다가

어쩌다 마주친 선생님의 눈을 피하는 나 자신이 한심하다가

안 되는 걸 억지로 잡고 있는 걸까, 눈물이 날 거 같다가

울면 모두 이상하게 생각할 거야, 꾹 참다가

수업은 끝이 난다.

컨트롤

늦게 일어나 축 처진 몸을 이끌고 겨우 책상에 도착해

보는 듯 마는 듯 책을 보다가

스스로 위안 받으려 강의를 듣다가

점심은 맛없지만 생각 이상으로 많이 먹고

졸음과의 싸움은 100전 100패

하는 듯 마는 듯 공부를 하고

하루 종일 강의를 흘려보내고

인상을 쓰며 집으로 터벅터벅

잠들기 아쉬워 핸드폰을 들고

남들 사는 얘기에 또 작아진 채로 잠이 든다.

컨트롤D

일찍 일어나지 못했지만

정해진 시간에 맞춰 부랴부랴 책상으로 가서

책을 펴고 강의를 들으며 밑줄을 긋고

염치없이 배는 고파 식사를 하고

또 책상으로 돌아와 의미가 있는지 없는지 모를 책을 읽고

졸려도, 화장실 가고 싶어도, 꾹 참고

지긋지긋해지는 순간이 와도 모른 척 또 강의를 듣고

걸을 힘조차 없는 몸을 이끌고 집으로 가

따뜻한 물에 샤워하며

아 힘들다, 누구도 듣지 못하는 한마디를 내쉬고

외울 무언가를 손에 든 채로 잠이 든다.

컨트롤C

견디지 못한 하루를 휴지통에 버리고

견딘 하루를 반복하는 것 말고는

다른 해결책은 없다.

그거면 됐다

미술을 시작했던 초등학교 시절.

한참 동안 그린 그림이 마음에 들지 않을 때

지우개 대신 새로운 도화지를 꺼내곤 했다.

초등학생에게 300원은 꽤 큰돈이었지만

가장 손쉬운 방법이라 새 도화지를 택했다.

새로운 도화지를 꺼내고 싶은 하루였다.

오전 내내 몇 페이지를 넘기지 못했다.

안 되겠다 싶어 꺼낸 단어장 역시

머릿속에 들어오지 않았다.

염치없이 배는 고파서 눈치 보며 숟가락을 들었다.

뻔뻔하게도 졸음은 쏟아져 책상에 엎드려 오후를 보냈다.

국어를 꺼냈다, 영어를 꺼냈다를 반복하다 저녁이 됐다.

뭐 하나 머리에 집어넣지 못했는데

그 행위만으로 몸이 피곤했고

그런 몸을 다스리는 마음 또한 피곤했다.

300원을 줘버리고,

새로운 도화지로 바꿔버리고 싶은 하루였다.

망치고 가져오고 망치고 가져오고를 반복하는 나를,

보다 못한 선생님이 도화지 바꾸기 금지령을 내렸다.

"미완성보다 졸작이 낫다."

이해할 수 없는 말과 함께.

첫 장은 에라 모르겠다, 제출해버렸고

두 번째 장은 완성만 하자, 연필을 들었고

다음 장부터 지우개를 항상 옆에 두었다.

그 과정을 반복하면서 쌓인 믿음 하나.

'지우고 고치고 지우고 고치다 보면,
졸작이든 명작이든 완성은 된다.
어쨌든 완성은 된다.'

새로운 도화지를 꺼내고 싶은 하루였지만
그 믿음 하나만 가지고 오늘도 지우개를 꺼낸다.

**'지우고 고치고 또 지우고 고치다 보면,
어쨌든 완성은 된다.'**

그거면 됐다.

식욕

집에 오는 길에 분식집에 들러 순대를 산다.

냉장고를 열어 양파, 청양고추, 대파를 꺼낸다.

송송 썰어 매콤한 양념장과 함께 달달 볶는다.

동시에 달걀 두 개를 탁! 하고 깨서 달걀찜을 만든다.

먹다 보니 국물이 당겨 라면을 끓인다.

그래도 양심은 있어 면은 반개만 넣는다.

그걸 다 먹고 시원한 거로 마무리하면 딱 깔끔하겠다 싶어,

어제 사다 놓은 아이스크림을 하나 꺼내 입에 넣는다.

어제는 치즈 가루를 솔솔 뿌린 치킨과

매콤달콤한 치킨을 반반 시켰다.

거기다 시원한 생맥주까지.

두 종류의 치킨을 번갈아가며 새콤한 무와 함께 먹는데

문득 그제 남겨놓은 어묵 국물 생각이 났다.

뜨끈한 국물을 곁들여 치킨 한 마리를 뚝딱 하고

눈에 보이는 사과까지 깎아 먹었다.

너무너무너무 행복하게 먹어놓고

이걸 다 나 혼자 먹었다는 게, 어이가 없다.

아무 생각 없이 맛있게 먹다가

그걸 다 먹고 나면 미쳤구나, 후회가 밀려온다.

이것만 먹으면 스트레스가 풀릴 거 같아서 먹고

그것만 먹으면 공부가 잘될 거 같아서 먹고

저것만 먹으면 잠이 잘 올 거 같아서 먹고

이래서 먹고 저래서 먹고

앎은 늘지 않고

살만 늘어난다.

유혹

조금만 쉬었다 할까?

잠깐 친구와 놀다 들어올까?

밥 먹고 너무 졸린데, 10분만 눈 좀 붙일까?

공부가 안 되니까 핸드폰 잠깐만 할까?

날씨가 추우니까 집에서 공부할까?

새로 나온 저 문제집이 정말 좋을까?

새로 개강한 강의를 나도 들어야 할까?

열심히 했으니 치킨에 맥주 한잔할까?

친구 연락에 못 이기는 척 만나볼까?

쓰고 있는 펜이 나랑 안 맞는 거 같은데 새로 살까?

예능 보면 스트레스가 풀릴 거 같은데 이것만 볼까?

이불 속이 너무 따뜻한데 조금만 더 잘까?

어질러진 책상이 너무 신경 쓰이니 치우고 할까?

실시간 검색어 하나만 보고 인강 들을까?

좋아하는 가수가 새 앨범 냈던데 하나만 듣고 할까?

진짜 아무리 공부해도 모르겠는데 대충 할까?

추석이고 설날인데 조금만 쉴까?

떡볶이가 너무 먹고 싶은데 먹고 올까?

천만 관객을 넘겼다는 그 영화 한 편만 보고 올까?

불금 불토인데 오늘 저녁만 놀까?

입을 옷이 하나도 없는데 쇼핑 한번 할까?

머리가 엉망진창인데 미용실 갔다 올까?

오늘 몸이 너무 안 좋으니까 내일로 미룰까?

너무 피곤한데 집에 가서 잠깐만 누웠다가 공부할까?

공부보다 더 힘든 건

이런 유혹들을 뿌리치는 일.

늘어나는 건

좌절

눈물

실망

미안함

자괴감

열등감

초조함

그리고

합격에 대한 의지.

합격하는 법

누구나 그렇듯 엄마 친구 아들은 남들보다 뛰어났고,

듣기에도 부담스러운 영재교육원 입학 소식을 전해왔다.

누구나 그렇듯 엄마는 자신의 딸도 그곳에 보내길 원하셨고,

나는 그때 처음 공부란 걸 해봤던 거 같다.

3개월이라는 짧은 시간과

물리 화학 생물 지구과학 듣기만 해도 부담스러운 양.

그런데도 합격했던 건 그 당시 과외 선생님 덕분이었다.

"시험까지 100일도 채 남지 않은 상황에선

느긋하게 공부하면 안 된다.

임박한 시간에 맞춰,

그 시간만큼만 꼼꼼하게 공부해야 한다.

진도가 밀리면 반복할 횟수는 줄어들고,

반복할 기회를 놓치면 합격할 수 없다."

3개월에 과학I을 끝내기로 마음먹었으니

그것이 가능한 계획을 잡았다.

넉넉하지 않은 시간에

하나하나 꼼꼼히 짚어가는 것은 불가능했다.

선생님은 많은 양의 이론을 한 권으로 압축해 주셨고,

나는 손을 벌벌 떨며 시간에 쫓기면서 외우고 풀었다.

밀린 진도는 과감히 무시했다.

대충이라도 훑으며 정해진 진도에 맞추도록 노력했다.

반복했다. 반복했고 또 반복했다.

이렇게 공부가 될까, 이렇게 하는 게 맞나,

의문은 갖지 않았다.

그저 정해진 시간에 정해준 걸 해내기 위해 집중했다.

그렇다. 합격하는 방법은 간단했다.

하나. 시간과 목표를 명확히 정한다.

둘. 할 수 있는 걸 한다. 가능하도록 한다.

셋. 반복, 반복, 반복.

넷. 그 과정을 아무런 의심과 의문 없이.

2장

나는 아직,
생의 한가운데

고백

하던 일을 그만두고
공무원 준비를 한다는 고백을, 드디어 했다.

내가 이전의 그 일을 얼마나 꿈꿔왔고
그 공부에 얼마나 열심이었는지
그는 알고 있었기 때문에
그걸 그만두고 또 다른 걸 준비한다,
말하기가 겁이 났다.
바랐던 일을 고작 1년 만에 포기했냐,
다그칠까 두려웠다.

지난 몇 달 동안

살아온 27년의 시간이 실패로 끝났다는 사실이,

꿈을 꾸며 부풀었지만 조급했던 그 시간이 허무했다.

어제와 같은 게 하나 없이 빠르게 변하는 세상인데

나만 매일 쳇바퀴를 돌고 있다는 생각에 괴로웠다.

사회에서, 집에서, 제 역할을 해내는 주위 사람들과

나이 먹고 또 공부하는 나를 비교하며 스스로 위축됐다.

그래서 누구에게도 이야기할 수 없었다.

근데 고백을 하고 나니 마음이 편하다.

오늘은

편안한 잠을 잘 수 있을 거 같다.

독

"너는 이쪽 일을 하기엔 너무 여려."

한창 기자라는 꿈에 빠져있을 때
들었던 이 한마디가
그 일을 그만둔 지금까지도
잊히지 않는다.

다짐했다,
당신이 틀렸다는 걸 보여주겠다고.

근데 결국 나는 그 일을 포기했으니,

선생님이 맞은 걸까.

흔히 말하는 갑질이
기삿거리를 찾는 일보다 어려웠고,
뻔뻔하게 내 아이템들을 지켜나가는 게
발로 뛰며 취재하고
기사를 완성하는 것보다 힘들었다.
이런저런 핑계를 대봐도,
난 독하지 못했다.

그리고 여전히
몸이 아파 마음이 흔들리고
마음이 아파 몸이 무너진다.

아무리 몸이 힘들어도 견뎌야 하고
아무리 마음이 아파도 버텨야 하는데
나는 여전히 독하지 못하다.

이런 내가,
해낼 수 있을까

이겨낼 수 있을까

견뎌낼 수 있을까

독하지 않아도 괜찮을까.

열정 없이 담담하게

이번처럼 열정 없이 시작한 공부는 없었다.
미친 듯이 끌리지 않았던 무언가를 시작한 것도
이번이 처음이다.

10대는 물론이고 20대 초반에는
하고 싶은 게 너무 많아서,
엄마는 나를 항상 '하고재비'라고 부르셨다.

무용, 피아노, 성악, 태권도, 플루트까지
안 해본 게 없었고
좋아하는 과목은 무조건 1등을 해야 직성이 풀렸다.

하나로는 만족을 못 해 언제나 두 개를 끼고 살았다.

평소엔 디자인과 과제를,

시험 기간엔 신문방송학과 시험공부를 하느라

학기 내내 정신없었고

4학년 때에는 졸업전시회를 준비하면서

학생회를 이끌어나가느라

집에 들어온 날보다 들어오지 않은 날이 더 많았다.

하나의 꿈만 꾼 적도 없다.

앵커를 꿈꾸면서 때론 대중평론가도 되고 싶었고

큐레이터를 상상하기도 했다.

정신없이 바쁜 시간을 보내며 스스로 뿌듯해했지만,

생각해보면 그때의 열정은 힘에 부쳤던 것 같다.

과한 열정과 지나친 욕심이 나를 짓눌렀다.

그 모든 것들을 해내야 한다는 강박이 나를 억눌렀다.

그래서 어떨 땐 제풀에 지치기도 했고,

어떨 땐 주저앉아버리기도 했다.

물에 뜨지도 못하면서 수영선수를 이기고 싶어 했고

구구단도 외우지 못했는데 미적분을 풀고자 했다.

멍청했고, 미련했으며, 어리석었다.

20대 후반이 된 지금.

무언가를 해내야겠다는,

해내고야 말겠다는 열정은 사라졌지만

할 수 있는 것과 할 수 없는 것을 구별하고

차분하게 할 수 있는 것을 해내는 담담함이 생겼다.

그리고 그것이 나를 더 단단하게 만들어준다.

정말 막막하고 포기하고 싶을 때

'너무 멀리 바라보지 말자. 오늘 할 수 있는 일을 하자.'

힘을 주고 과연 해낼 수 있을까 의문이 들 때

'일단 도착지까지 견뎌보자. 그런데도 안 되면 내 것이 아니다.

하지만 도중 포기하면 원래 내 것이었던 것도

내 것이 될 수 없다.' 마음 다잡게 해준다.

그래서 오늘도

열정 없이 담담하게 견딘다.

정면돌파

열여덟 살, 홍대 앞 미술학원.

아침 9시부터 밤 10시까지 온종일 그림만 그렸다.

고시원에 돌아와서도

다음날 준비로 자정이 한참 넘어서야 잠들었다.

수능을 망쳐버린 나에게 마지막 희망이었던,

아니 좀 더 솔직히 말하면

선택지조차 없어 울며 겨자 먹기로 했던 생활인데

그 3개월이 내 인생에서

유일하게 정면돌파했던 경험이다.

더 이상의 정면돌파는 없었다.

대학 진학 후 적당히 그림을 그렸고

언론고시를 준비하면서도 적당히 글을 썼다.

그래서 지금의 결과가 주어졌는지도 모른다.

그 당시 두려운 건 오직 하나.

'죽을 만큼 최선을 다했는데도

인정받지 못하면 어떡하지.

죽을 만큼 노력해서 쓴 글이

비웃음 받으면 어떡하지.'

하지만 시간이 지난 지금,

그 시절을 돌아보면

티끌만 한 비판이라도 받으면

언제나 무너질 준비가 되어 있던,

그 두려움과

한 번도 정면으로 맞서지 않았던,

나 자신이 무척이나 부끄럽다.

경력도 없고 나이도 많아

울며 겨자 먹기로 시작했을지라도

공무원은 나에게 마지막 희망이다.

이 10개월이

내 인생에 두 번째 정면돌파이다.

하늘자전거

바닥에 누워 다리를 들고

마치 자전거를 타는 것처럼 다리를 돌려준다.

다이어트를 하리라 굳게 마음먹고

효과가 좋다는 하늘자전거 운동을 하다가

문득, 수험 생활이

하늘자전거를 타는 것과 같다는 생각을 한다.

걷기 힘들 만큼 다리는 후들거리고

감량이 되기 전까지는 효과가 눈에 띄지 않지만

그걸 견딜 수 있는 것은,

성공하면 모든 것을 보상받을 수 있다는 희망이다.

그런데 일주일도 못 가
이 운동으로 살을 뺄 수 있을까, 의심이 들기 시작하고
근육이 붙어 다리가 더 굵어지면 어쩌지, 불안해진다.

수험 생활도 그렇다.

하루하루를 견딜 수 있는 유일한 힘은
합격만 하면 이 모든 고통에 대해
보상받을 수 있을 거라는 희망이다.

그 희망에 기대어 월요일 아침,
꼭 다 해내겠다는 절박한 마음을 갖고 계획을 짠다.

그런데 하루가 채 가기도 전에 계획을 수정하고
이 방법으로 합격할 수 있을까, 의심이 일고
당장 자리에서 일어나
다 포기하고 싶은 마음만 가득해진다.
잠깐 품었던 합격이라는, 희망의 자리마다

올해는 안 될지도 모르겠다, 절망이 들어찬다.

절망은 대체로 뚜렷한데
희망은 반대로 희미하다.
그것을 믿고 걷는 일이 그리 쉽지는 않다.

힘 빼기

"몸에 힘을 빼야지."

초등학교 4학년 처음 수영을 배우면서 가장 많이 들었던 말.

'잉? 몸에 힘을 빼면 당연히 가라앉는 거 아냐?'

반항기 가득 찬 물음으로 더 힘줬던 결과는, 꼬르륵.

수영장 락스 물 먹어가며 조금씩 힘 빼는 법을 익혔다.

10년이 지나 테니스라는 새로운 운동을 배우면서도

가장 힘들었던 것은 몸에 힘 빼기.

'잘하고 싶은데, 빨리 잘하고 싶은데'

의욕만 앞서 결국 왼쪽 무릎 부상.

여러 번의 시행착오를 겪었음에도
여전히 힘을 잔뜩 주고 있다.

'합격하고 싶은데, 빨리 합격하고 싶은데'
잘하고 싶은 마음에 힘을 빡! 준 채로

공부를 하고 있으면서도 다음 공부를 생각하고
이동시간도 아까워 영어단어나 한자를 외우고
시간에 쫓겨 책상에 앉아 점심을 때우고
침대에 누워서도 다음날 걱정에 쉽게 잠들지 못하고
놓친 부분이 시험에 나올까 항상 노심초사하고
합격자들의 커리큘럼과 비교하며 조급해하고
공부를 쉬지 않고 계속해줘야 한다는 강박에 사로잡히고
다 하지도 못할 계획을 짜며 스트레스를 받고
일어나지도 않은 일을 상상하며 힘들어하고
예능프로그램 하나, 영화 한 편을 봐도 눈치를 보고
가끔 친구와 만나 수다를 떨어도 마음이 불편하고

그러다 생각지 못한 타이밍에
지하철 안에서 갑자기 눈물이 툭.

5시간 동안 생각 없이 뚜벅뚜벅.

감당하지 못할 양의 술을 콸콸콸.

안다. 힘이 너무 들어갔다는 걸.

안다. 억지로 쥐어짜고 있다는 걸.

알지. 이런 식으로는 금방 지친다는 것도.

다 알지만 못하는 것.

다 알지만 힘든 것.

다 알지만 안 되는 것.

이를테면 몸에 힘 빼기.

이를테면 마음에 힘 빼기.

셈이 먼저인 사람

공부를 시작한 지 3개월이 지났다.

한 과목당 120강이 넘는 이론 강의를 겨우 끝냈다.

총 600개의 강의를 듣는 것만으로도 3개월이 더 걸렸다.

일주일에 12강의씩 10주에 끝내겠다는 계획은 애초에 깨졌다.

10개라도 듣기를 바랐지만, 그것도 벅찼다.

아침부터 밤까지 듣는 행위만 반복하니

공부를 하는 건지 강의를 시청하는 건지 헷갈렸다.

대체 뭐가 남을까 의문도 생겼다.

그럴 때마다

계획표에 늘어나는 동그라미를 보며 스스로를 위로했다.

동그라미로 가득 찬 5장의 계획표를 상상하며

3개월을 보냈다.

달라진 게 있을 것이다, 뿌듯할 것이다, 확신하며 견뎠다.

하지만 현실은 달랐다.

600개의 강의를 들어도 남는 게 없었다.

책상 앞에 앉아 있어도 달라지는 건 없었다.

공부하면 할수록 모르는 것만 늘어났다.

남은 시간은 7개월.

여기에 남은 강의 개수, 남은 공부의 양을 대입하면

하루 15시간을 써야 겨우 끝낼 수 있다.

하지만 지난 3개월간 평균 공부 시간은 고작 7시간.

계산대로라면 공부를 마무리하기 전에

시험 날이 먼저 도착한다.

만약 그 전에 공부를 끝낸다 하더라도 합격할 수 있을까.

이런저런 셈들로 하루를 채우다,

난 언제나 이런 식으로 살아온 사람이었다는 것을 깨달았다.

어차피 안 될 일이거나, 성공 확률이 낮은 일 앞에선,

언제나 노력보다 셈이 먼저였던 사람.

언제나 정면 돌파보다 우회를 먼저 생각했던 사람이었다.

결과보다 과정이 더 중요하단 걸 인정하지만,

그건 결과가 좋았을 때의 일이라고 생각해 왔으니까.

결과는 어떻든 상관없어, 도전만으로 만족해,

라고 말하기엔 난 이제 어른이니까.

그래서 난 언제나 지레 겁먹었고,

단 한 걸음도 앞으로 나아간 적이 없었다.

부끄러웠다.

나는 포기하지 않고 완주한 적이 있었는가.

나는 나에게 감동을 줄 만큼 노력했던 적이 있었는가.

그 질문에 자신 있게 '그렇다' 대답할 수가 없었으니까.

그리고 그런 생각이 들었다.

이번엔 비록 실패하더라도, 끝까지 가보고 싶다.

그 결과가 어찌 되든, 나에게 감동을 주고 싶다.

앞으로의 삶도 이렇게 부끄럽게 살 수는 없으니까.

복수

스무 살,

나에게 불만을 품고 지속해서

부정적인 이야기를 하고 다니는 사람이 있었다.

구체적이고 치밀하게 만든 헛소리들은

사람들의 입에 오르기 아주 흥미로운 주제였다.

나만 떳떳하면 된다는 것을 잘 알고 있었지만

누군가가 나를 비방하고 모욕하고 있다는 사실에

무척이나 괴로워했다.

과제를 하려고 책상에 앉으면 온몸이 부들부들 떨렸고

아무것도 하지 못하고 분노에 치를 떨었다.

그를 찾아가 나한테 왜 그러냐고 따질까,

사람들을 찾아가 사실이 아니라고 말할까,

수만 가지 생각이 스쳐 지나갔다.

하지만 이미 돌아선 마음의 무게는

말 한마디의 그것보다 훨씬 무거웠고

이미 닫혀버린 귀를 다시 열 힘이 내게는 없었다.

그렇다면 지금 내가 무얼 할 수 있나, 스스로 물었고

웃는 것 말고는 다른 방법이 없었다.

그래서 웃었다.

그를, 그리고 그들을 향해 더 크게 웃었다.

물론 7년이 지난 지금도 아무것도 손에 잡히지 않고

가끔은 손이 부들부들 떨리고

내가 왜 싫으냐, 찾아가 따지고 싶은 마음은 변함이 없다.

그래도 책을 꺼내 밑줄을 긋고, 문제를 풀고, 해설집을 보았다.

한참이 지나 그때를 돌아보면

그 당시 아팠다는 기억은 있지만, 아픔이 남아 있지는 않다.

시간과 함께, 아픔은 작은 흔적조차 남기지 못하고 사라졌다.
대신 남아 있는 것은 그 당시 공부했던 흔적과
악으로 깡으로 견디며 받아낸 4.0 학점이다.

나는 있어야 할 곳에 있었고, 해야 했던 일을 했다.
그로 인해 조금 더 단단해졌고 조금 더 영글었다.

그것이 내가 우연히 발견한,
상처를 준 사람에게 복수하는 방법이다.

이번에도 그랬다.
너무 괴로웠지만, 그 마음을 구겨서 어딘가에 버려놓고
도서관에 가 공부하고, 점심을 먹고,
오늘 내가 해야 할 일을 했다.

그녀에게 보여주고 싶은 것은

애정 없는 말 한마디에 마음앓이를 반복하고
커다란 바위를 목 안으로 집어삼킨 듯 먹먹해 하고
그 말을 되뇌고 또 되뇌며 스스로 쪼그라들고

종잇장처럼 쉽게 휘날리고
나뭇가지처럼 쉽게 휘청거리는 모습이 아니라

시간이 지나면 분명 사라질 거라는 믿음에 기대
아프더라도 괴롭더라도 할 수 있는 걸, 해야 하는 걸 하며
묵묵히 내가 정해놓은 이 길 위를 걷는 것이다.

중심을 딱 잡고 담담하게 공부해서
합격소식을 전해주는 장면이다.

내가 성장하는 모습이야말로
나를 괴롭히는 자에게는
생각하기도 싫은 가장 끔찍한 모습이라는 믿음에 기대어

오늘도 책상으로 간다.

집으로 돌아가는 길

어젯밤 뒤척이느라 거의 잠을 자지는 못했지만
제시간에 일어나 늦지 않게 강의실에 도착했고,

아침 하프 모의고사는 여전히 10점 만점에 5점이지만
오늘 틀린 문제를 다시는 틀리지 않겠다는 의지로
달달 외워버렸으니
내일은 6점은 넘겠지, 희망이 생겼고,

단거리 달리기에는 영 재주가 없어도
강의실에서 자습실까지 달려가
제일 먼저 공부할 자리를 잡고,

배에선 밥 달라고 꼬르륵 천둥 치며 요란했지만

영어공부 끝낼 때까지 참아

맛있는 점심을 이름 모를 친구들과 먹었고,

햇살 좋은 오후엔 쏟아지는 잠을 깨우려

양치하고 커피 마시고 또 치카치카 양치질하고

그래도 잠이 안 깨서 사육신공원을 한 바퀴 돌며 산책하고,

아무리 외우려 해도 외워지지 않는 표준어, 외래어는

말도 안 되는 암기 공식을 만들며 혼자 낄낄거리고,

남들 다 고득점 받는다는 국사가 가장 어려운 나는

오늘도 문화사 파트에서 무릎을 꿇었지만

반복에 반복을 더해가며 조금씩 알아가고,

움직이는 것도 없으면서 금방 배는 꺼져

당 떨어진단 핑계로 초콜릿 하나 입에 집어넣고,

20분도 앉아 있기 힘든 허리 때문에

스탠딩 책상에서 종일 공부해야 하지만

의자에 오래 앉아 있으면 엉덩이만 커진다며 마음 달래고,

아침에 계획했던 목표 5개 중 4개라도
해낼 수 있을까 불안하지만
1시간마다 했던 공부를 점검해가며 꾸역꾸역 해내고,

하루에도 몇십 번 포기하고 싶다, 견디자를 반복하고
압박감을 견디지 못해 가끔은 눈물 흘리지만
오늘 하루를 살아내고 집으로 돌아가는
이 길에서 감히 그런 생각을 해본다.

오늘을 견뎠으니
내일도 견딜 수 있을 것이고
그러다 보면 합격할 수도 있겠단 생각.

오늘처럼 견디다 보면
어느새 합격에 도달할 수도 있겠단 생각.

비참한 순간

내가 27년 살아오면서 가장 비참했던 순간은
이것 말고는 할 게 없다는 것을 알았을 때이다.

고등학교 때부터 앵커가 되는 것이 꿈이었고
대학에 와서도 현실이 만만치 않다는 건 알았지만
언론의 끄트머리에서 기사 한 줄 끄적거리는 일을
하리라고는 꿈에도 생각하지 않았다.

그마저도 그만둔 후, 사회가 정해주고
내가 결정해버린 몇 개의 조건들을 비교한 결과
이것 말고는 마땅히 할 게 없다는 걸 알게 된 순간,

그렇게 비참할 수 없었다.

꿈을 향해서만 쏟았던 감정과 열정은 갈 곳을 잃었고

채 처리하지 못한 것들이 넘쳐나게 되자

도서관에 가는 일도, 밥을 먹는 일도

너무 힘들어 할 수가 없었다.

그렇게 한참을 끙끙 앓았다.

하지만 이젠 그만 아프기로 했다.

왜 꿈을 버렸냐고 스스로를 탓하지 않기로 했다.

한때는 그 꿈을 꾸는 것만으로도 벅차올랐지만

때로는 나를 초라하게 만들었던 그것을

더 이상 붙들며 살지 않기로 했다.

언제 이룰까, 노심초사하며 불안해하지 않기로 했다.

누군가의 말처럼 나는 책만 있으면 행복해지는 사람이니

천장 높이만 한 책꽂이 가득 책들을 채우고

볕이 잘 드는 의자에 앉아

좋아하는 노래와 방금 만든 커피를 놓아두고

책을 읽다 졸리면 맘껏 졸기도 하고

좋아하는 구절을 연필로 써보기도 하고
생각나는 무언가를 그려보기도 하고

또 누군가의 말처럼 나는 사람을 좋아하니
커다란 나무식탁 위에 고르고 고른 식탁보를 두르고
맛있게 먹을 사람들을 상상하며 밥을 짓고

가족들과 친구들과 사랑하는 사람과
앞으로 함께 보낼 시간들을 미리 그려보기도 하며

사소하지만 소중한 것 속에서 꿈을 꾸기로 했다.

조금 더 가까운 곳에 꿈을 만들며
그것을 이루기 적합한 직업을 찾은 거라 생각하기로 했다.

응급실

어제 새벽 응급실에 다녀왔다.

몇 달간 계속되는 허리 통증이

혹 최근 불어난 체중 때문인가 싶어,

일주일 정도 절식을 할 예정이었다.

삐져나오는 식욕을 겨우겨우 참았다.

특정 음식이 종일 머릿속을 떠나지 않았다.

하지만 10분도 앉아 있기 어려운 상황에서

선택할 수 있는 건 이것뿐이었다.

이러다 보면 허리도 좀 괜찮아지겠지,

희망과 함께 참는 것뿐이었다.

5일 차까지는 괜찮더니 6일 차 낮부터 기침이 시작됐다.

약 먹으면 그치겠거니 생각했지만 쉽게 잦아들지 않았다.

주사를 맞아도 약을 먹어도 전혀 차도가 없었다.

특히 밤만 되면 기침은 더 심해졌다.

한번 콜록 하면 몸 전체가 아팠다.

주기는 더 빨라져 한숨도 자지 못하는 나날이 계속되었다.

당연히 공부는 중단. 앉아 있기 어려운 허리에다

멈추지 않는 기침까지 더해져

무언가를 볼 수도 외울 수도 없었다.

책상을 떠나 있는 시간이 길어지면 그곳으로 돌아가기까지

더 많은 시간이 걸린다는 걸 알기에 마음이 조급해졌다.

이 시기, 하루를 버린다는 게

얼마나 큰일인지 알기에 심장이 쪼그라들었다.

결국, 어제 새벽 4시 응급실에 갔다.

이것저것 검사해도 기침의 원인을 알아내지 못했다.

스트레스라는 흔한 원인을 꼽은 당직 의사는

시중에 있는 가장 센 약을 처방해주겠다고 했다.

빨갛게 '마약'이라고 적힌 약봉지를 뜯어
입에 털어놓고는 집으로 돌아왔다.

지금까지는 공부를 해서 힘든 줄 알았다.
온종일 책상에만 앉아 있어서 스트레스를 받는 줄 알았다.
하지만 이제, 공부를 안 해서 힘들었다는 걸 안다.
공부를 하지 않은 시간, 아끼지 않고 흘려보낸 시간 때문에
괴로웠다는 것을 알게 됐다.

합격하지 못할 이유가 너무 많다.
부족했던 공부 시간, 약하디약한 체력.
이 중요한 시기에 책상에 앉지 못하는 것만으로도
불합격은 충분히 설명된다.
 그런 생각에 짓눌려 종일 끙끙대던 오늘,
침대에 누워 멍하니 책을 보는데 메모지 하나가 떨어졌다.

'열심히 해도 안 될 수 있다.
내가 어쩔 수 없는 부분도 분명 있으니까.
그래도 내가 할 수 있는 걸 하자.'

하면 할수록,

할 수 있겠단 희망보다 절망만 가득했던 어느 날,

어떤 위로라도 받고 싶었지만

아무것도 나의 괴로움을 덜어주지 못했던 어느 날,

내가 쓴 것이 분명한 쪽지였다.

나는 그 석 줄의 문장을 소리 내 읽고 또 읽었다.

그래, 지금까지 내가 살아온 세상은

생각대로 되지 않는 곳이었다.

생각했던 방향대로 갔던 적도 거의 없었다.

어느 순간 어느 때에 조금씩 어긋나더니

생각지 못한 곳에 도착했다.

놀랍게도 그 결론이 위로가 됐다.

신기하게도 그 끝이 괴로움을 덜어줬다.

어차피 산다는 게 내 맘대로 되지만은 않는다는 것.

그렇다면 달라질 수도 있다는 얘기일 테니까.

빤히 보이는 나의 미래 또한.

그러니 지금 내가 할 수 있는 걸 해야겠다, 다짐했다.

머뭇머뭇

머뭇거리고 있다.
지나온 길이 맞는 길이었는지,
앞으로 갈 길이 맞는 길인지
불안하다. 조급하다. 초조하다.

지금까지 걸어온 길이 잘못된 길인 것만 같고
눈앞에 놓인 이 길이 나를 도착지까지 데려다줄지
의문스럽다.

머뭇거리지 말아라.
눈에 보이지 않는다고 해서,

지금 가고 있는 이 길이 잘못된 게 아니다.

아무것도 손에 잡히지 않는다고 해서,

지금까지 했던 것들이 사라지는 것도 아니다.

아직 목적지에 도착하지 않았다.

잘된 길인지 아닌지는 도착 후에 생각해도 늦지 않는다.

일단 도착하자.

일단 도착부터 하자.

두려워하지 말자. 잘 가고 있다.

무서워하지 말자. 잘하고 있다.

도착지가 이 언덕만 넘으면 보이는데,

지금 보이지 않는다고 멈추지 말자.

나를 믿고 조금 더 걷자.

걷자.

산책

행복한 순간은 너무 짧고
불안이 다가오는 속도는 너무 급할 때,

희망은 너무 가볍고
버티고 있는 건 너무 무거울 때,

지킬 수 있는 약속은 너무 적고
가지고 가야 할 건 너무 많을 때,

다가오는 시험 날짜는 너무 가깝고
합격이란 두 글자는 너무 아득할 때,

자존감은 바닥으로 곤두박질치고
눈물이 막 차오르려고 할 때,

해야 하는 것들은 가만히 멈춰 있고
시간만 자꾸 흘러가려고 할 때,

천천히 걸었다.

그러므로
매일매일
천천히 걸었다.

사계절

떨어지는 낙엽들을 바라보기만 해야 하는 나무처럼
한때 꽃이고 한때 꿈이었던 것들을
쓸쓸히 바라볼 수밖에 없었던 **가을.**

결코 따뜻해지지 않을 것만 같은 마음 애써 밀어내며
그 자리에 새싹이 자라길 기다렸던 **겨울.**

온 세상이 봄 향기로 가득하고 거리마다 벚꽃이 흩날려도
내 맘은 여전히 서늘했던 **봄.**

그저 견디는 것밖에는 할 수 있는 게 없어도

버티다 보면 기다리는 게 오기도 한다는 걸 알려준 **여름.**

그렇게 사계절을 흘려보냈다.

책

'6개월 단기 합격하는 방법'

또 클릭한다.

조급해질 걸 알면서도 클릭하고야 만다.

그 짧은 시간에 합격자가 본 수십 권의 책.

그의 손길이 고스란히 느껴지는 흔적들.

'이것 갖고는 부족해.

저 책들은 다 봐야 할 거 같아.'

내가 가진, 지나온 책들과 비교하며 또 힘겨워한다.

책을 미친 듯이 먹어 치우던 시절이 있었다.

읽는다기보다 먹어 치운다는 표현이 더 어울렸던 그 시절,

이해하기보다 뽑아내기 위해 몇십 권의 책을 집어삼켰다.

밀린 숙제하듯 더 빨리 더 많은 책을 집어 들었다.

그 이야기들을 제대로 소화하지 못한 채

써먹을 만한 문구, 문장들을

'글감 창고'라는 파일 안에 집어넣으며 뿌듯해했다.

그것들을 내 글 속에 끼워 넣으며

진정 나의 지식이 되었다 착각했다.

그래서 그 시절 썼던 글들을 읽으면

굉장히 어설프고, 어수선하고, 얕다.

더 빨리 더 많은 책을 보지 못해 안달 난 요즘이

그때와 뭐가 다른가 싶다.

하고 싶은 것

친구가 물었다, 합격하면 무얼 하고 싶냐고.

눈치 안 보고 맘껏 잠자기

가족들과 외식하러 가서 당당히 내 지갑 내밀기

국내든 해외든 여행 가기

가장 편안한 자세로 책 맘껏 읽기

멍 때리고 가만히 앉아 있기

보고 싶었던 친구들 만나기

살 쫙 빼서 데이트하기

보고 싶었던 드라마랑 영화 눈 아플 때까지 보기

듣고 싶었던 노래 귀 아플 때까지 듣기

펼쳐놓고 보니,

내가 하고 싶은 일들은 다 일상이었다.

공부를 준비하기 전에는 인지하지 못하고 그냥 흘러갔던,

누구나 누리는 별거 아닌 보통의 날들.

그래서 더 간절하고 특별한 일상.

마음속 친구

도서관 문 여는 시간에 맞춰

하나둘 입실해

사물함에서 두꺼운 책들을 갖고 와 자리 잡고,

도서관 문 닫는 시간에 맞춰

흐트러진 책들을 챙겨

하나둘 퇴실하는 익숙한 얼굴들.

늦게 오면 '무슨 일이 있나' 걱정되고

하루 결석하면 '많이 힘든가' 신경 쓰이고

먼저 짐을 싸면 '일찍 가구나' 서운하고

내가 먼저 가는 날엔 '나 먼저 갈게'

맘속으로 인사하고

힘든 날엔 옆에 있는 그들을 보며 마음 다잡고

10시간 찍은 스톱워치 보며 '나도 10시간!' 자극받고

맛있는 거 있으면 나눠 먹고 싶은 친구들.

인사나 알은척하는 건 쑥스럽지만

존재만으로 의지가 되고 힘이 되는 내 마음속 친구들.

3장

서툴고
어설퍼서

모든 게 별일이다

50대 합격생이라고 밝힌 그의 첫마디는

"요즘 젊은 애들은 별거 아닌 일에 엄살이다."

인터넷 강의도 있고 문제집도 잘 나오고

얼마나 좋은 세상인데

공부만 할 것이지, 별거 아닌 일에 정신 팔려서 뭘 하겠느냐는.

본인의 젊은 시절은 이렇게 편하게 공부 못했다며

이런 세상에 사는 걸 감사히 생각하고 행복한 줄 알라고.

연애 문제로 친구 문제로 고민하고 아파하는

우리는 합격할 자격이 없다는 내용.

하지만 젊은 우리는

흑백 텔레비전을 동네 사람들과 함께 봤던 추억도

물을 데워 사용하고 연탄을 갈던 경험도

버스 안내양과 토큰을 본 적도 없으니

그가 말하는 행복이 뭔지 모르겠고,

우리가 살아온 세상은

순위와 순서를 매기는 게 당연한 곳이었고

비교당하고 비교하는 게 익숙한 곳이었고

원하는 걸 찾기보다

이기기 위해 노력해야 하는 곳이었고

아무리 노력해도 안 됐던 일들은

단지 우리 탓인 곳이었으니,

그가 말하는 좋은 세상이 뭔지도 모르겠다.

'산다는 건 늘 뒤통수를 맞는 거라고

나만이 아니라 누구나 뒤통수를 맞는 거라고

그러니 억울해하지 말라고

그러니 다 별일이 아니라고,

하지만 그건 육십 인생을 산 어머니 말씀이고

우리는 너무도 젊어, 모든 게 별일이다'

라던 어느 드라마 대사처럼

엄살 부리지 마라,

주어진 행복에 감사하라,

하지만 그건 오십 인생을 산 당신의 말씀이고.

 도서관 옆자리에 있는 괜찮은 남자에게 눈이 가고

2년을 만난 남자친구에게 1분 만에 이별을 당한 지금,

세상에서 가장 불행한 사람이 된 것만 같고

친구의 대기업 입사 소식을 진심으로 축하하지 못하고

울리는 전화를 받지 못하고 이미 읽은 카톡을 못 본 척하면서

몇 남지도 않은 친구들마저 떠나갈까 봐 노심초사하는

우리는 너무나도 젊어, 모든 게 별일이다.

새벽 세시

어둠이 내리면 그와 동시에 고민들도 함께 쏟아져 내린다.
조용하고 고요한 주위와는 달리
마음과 머릿속은 밤만 되면 시끄럽고 복잡해진다.

'공부가 힘들다,
합격할 수 있을까,
왜 나는 이걸 하게 된 걸까,
어디서부터 꼬인 걸까, 뭘 잘못했나'로 이어지는
무한루트의 생각꼬리들.

세시다. 또 새벽 세시다.

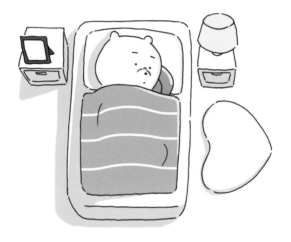

오늘도 어김없이 잠이 오기를 기다리며

캄캄한 침대에 누워 세시를 가리키는 시침과 분침을 본다.

째깍째깍 분침 소리와

거실에서 웅웅대는 냉장고 소리가 공간을 채운다.

잠에 들겠다, 마음먹고 눈을 감지만

이내 번번이 시계를 흘끔거린다.

이것이 사악한 고문실에서

밤을 보내는 것과 뭐가 다를까, 생각한다.

지우고 싶은 무거운 하루를,

가까워지는 두려운 내일을,

매초마다 매분마다

더디게 보내고

고통스럽게 마주한다.

무한신뢰

"너라면 한 번에 붙을 거야.
넌 원래 잘하잖아."

대학 시절, 같은 프로젝트를 맡았을 때도 나만 믿겠다는,
복수전공까지 하는 미대생이 밤을 안 새냐며 대단하다는,
영어 잘하는 내가 부럽다는,
언제나 나를 너무 신뢰하는 친구가 있다.

그녀가 비꼬는 것이 아니라는 걸 안다.
진심으로 하는 말이라는 것도 아는데
나는 이 친구를 만날 때마다 마음이 불편하다.

나를 믿어주고 나의 능력을 높게 사주는데

뭐가 불만이냐고 하겠지만

언제나 나를 너무 신뢰하는 친구에게 할 말이 없다.

'아침에 하프 모의고사를 보러 가면

앞뒤로 앉은 사람들은 죄다 만점이야.

하루에 13시간씩은 공부해야 합격한다는데

난 평균 8시간밖에 못해.

공무원 경쟁률이 100대 1을 넘는다는데

내가 될 수 있겠어?'

수많은 고민과 불안들을 수다 속에 숨겨버리고 싶은데

어리광부리고 한탄하며 잠시나마 내려놓고 싶은데

"넌 원래 잘하잖아."

그 한마디에 힘이 탁! 풀린다.

'원래 잘하는 사람이 어딨어!

시간 쪼개가며 겨우겨우 마감했고

밤새는 대신 첫차 타고 학교 가서 과제 했거든?

약점인 영어 때문에 토익 공부만 1년을 했는데!
이래도 내가 원래 잘하는 사람 같아?'

하지만 입 밖으로 내뱉을 수는 없었다.
원래부터 잘해왔다는 말. 원하면 뭐든 다 해냈다는 말.
여전히 그 말들을 받아들일 순 없지만
가끔은 이런 생각도 들기 때문이다.

어쩌면 잘해낼 수도 있겠단 생각.
어쩌면 한 번에 합격할 수도 있겠단 생각.

그리고
그 생각들이 가끔은 위로가 되기 때문이다.

공평하지 않은 세상

"휴학만 하면 한국을 떠날 거야.

졸업만 하면 한국을 떠날 거야.

퇴사만 하면 한국을 떠날 거야."

버릇처럼 한국을 떠나고 싶다고 말하는 친구가 있다.

10년 동안 줄곧 그녀는 떠나고 싶다는 말을 해왔지만

그때마다 학교, 가족, 회사가 친구의 발목을 잡았다.

넉넉하지 않은 집안 형편

자신의 성공이 우선인 언니

막내지만 집안의 가장인 친구.

124

대학 시절 아르바이트하느라 제대로 쉬어본 적 없고
학비에, 집세에, 생활비에, 언니 뒷바라지까지
항상 빠듯하게 사느라
취업준비 한번 못 해보고 작은 회사에 취직한 친구에게
한국을 떠나고 싶다는 말은 희망, 기대, 꿈이었던 것 같다.

너무 성실하게 열심히 그리고 착하게 살았기에
그런 친구가 대견하기도 존경스럽기도 안쓰럽기도 했지만
때론 미안하기도 했다.

"공무원 좋지.
근데 그것도 준비하려면 돈이 많이 들잖아."

나에겐 최후의 보루였던 이 시험이
누군가에게는 감히 넘기 어려운 성벽이었기 때문이다.

나이가 들면서 세상은 정말 공평하지 않다는 생각이 든다.
세상일이란 게, 노력한다고 무조건 좋을 수 없다는 것도 알고
별생각 없다가 얻어걸리기도 하고,
우연히 행운을 만날 수 있다는 것도 알겠는데

누군가는 태어난 지점이 도착점이고

누군가는 아무리 아등바등 노력해도

출발점에서 벗어나지 못한다는 건

쉽게 받아들이기 어렵다.

대한민국에서 가장 공평한 시험이라고 생각했던

공무원시험도 마찬가지다.

지식베이스가 어느 정도냐에 따라

합격하기까지 걸리는 개월 수가 달라지고,

집안 형편과 경제력에 따라

문제집의 개수 혹은 시험을 포기하느냐 마느냐가

결정되기도 하니까.

그렇게 공평하지 못한 세상이지만

그런데도 그걸 극복해내는 친구가 있어서 다행이고

그런데도 합격해내는 사람들이 있어서 다행이다.

좋은 누나

아침 8시, 어제와 다를 것 없이 도서관으로 향하는 길.
출근하는 사람들, 등교하는 학생들
매일 보는 장면인데 왜 갑자기 동생이 떠올랐는지 모르겠다.

"다들 출근을 하고 등교를 하는데 나는 갈 곳이 없어."

그 해, 동생은 원하는 대학에 가지 못해 재수를 했다.
그 무렵 나는 학생회에 졸업전시까지, 정신이 없었다.

가장 많은 사람을 만난 해였고
가장 다양한 경험을 한 해였고

가장 촘촘하게 시간을 썼고 가장 만족스러운 해였다.

그래서 동생을 들여다볼 시간이 없었다.
아니, 그럴 여유가 없었다고 변명했다.

학창시절 공부를 제대로 해보지 않았던 동생에겐
수업을 듣는 것만으로도
책상에 앉아 있는 것만으로도 힘겨웠을 것이다.

기대했던 스무 살의 삶이 아니라 실망도 했을 것이다.
친구들의 대학생활 이야기를 들으며 부러워했을 수도 있고
열심히 살지 않았던 학창시절을 떠올리며 후회했을 수도 있다.

나만 멈춰 있는 듯한 답답함,
이대로는 합격할 수 없겠다는 불안,
공부를 해도 늘어만 나는 조급함,
하루에도 수십 번씩 무너지는 아픔,
거기다 아버지와의 갈등까지.

갓 교복을 벗은 스무 살의 동생이

그 모든 고민과 감정을 감당하기는 쉽지 않았을 것이다.
그런데 나는 그런 동생을 외면했다.

"다들 출근을 하고 등교를 하는데 나는 갈 곳이 없어."

이후 동생은 전액 장학금을 받으며 학교에 다녔고
군대도 무사히 전역했고 대기업에 취직도 했다.
5년이 흐른 지금, 왜 동생의 이야기가 떠오르는지 모르겠다.

아마 매일 아침 도서관으로 향하는 내 상황과
5년 전 동생의 상황이 다르지 않아서겠지.
아마 지금 내가 겪고 있는 모든 감정을
동생도 경험했다고 생각하니 마음 아파서겠지.
그리고 아무것도 하지 않았던 내가 미워서겠지.

힘내라고, 뻔한 위로라도 해줬다면
넌 할 수 있다고, 뻔한 응원이라도 해줬다면
나는 조금 더 좋은 누나였을까.

십년지기

십년지기 친구를 1년 만에 만났다.

직장인이었던 나는 공시생이 되었고
취준생이었던 친구는 직장인이 되었다.

우리는 지난 1년간 연락을 하지 않았다.
또는 하지 못했다.

친구는 취업준비만 몇 년째.
토익 점수는 애초에 900점을 넘겼고
호텔 인턴과 공기업 계약직으로 일도 해보고

취업 학원까지 다녀봤지만 다 소용이 없었다.

대기업을 바라지 않은 지 오래고
어디라도 들어가면 감사하던 생각으로 살았는데
아무것도 모르는 사람들은 "눈을 낮춰."

수십 번 면접 끝에 들어간 지금의 회사는
좋지도 나쁘지도 않다. 그저 다니는 것일 뿐.

"내가 뭘 꿈꾸며 살아왔는지 기억조차 안 나."

나 역시 그랬다.
스물두 살 때부터 언론고시에 뛰어들었지만
방송사 파업으로 2년 동안 낸 원서는 고작 2장.

눈을 낮춰 들어간 언론사에선
흔한 갑질 한 번 못해 "덜떨어진 놈."
술 약속 못 잡는 "기자 근성 없는 놈."이었다.
애매한 1년짜리 경력을 갖고 뛰쳐나온 나에게
더 이상의 희망, 기대, 꿈은 없었다.

그렇게 떠밀리고 밀려 선택한 공시생.

"우린 어쩌다 여기까지 온 걸까."

온종일 붙어 다니면서도 뭔 할 말이 그리 많은지
독서실 뒷골목 떡볶이집에서 한바탕 수다가 끝나야
집에 가던 열여덟 살 우리는 없다.

이젠 서로의 눈치를 보느라 연락 한번 맘 편히 못 하는
스물일곱의 우리만 있을 뿐.

그해 가을

집으로 가는 길에 나눈 어색한 장난과
기다려주던 버스정류장에서의 세심한 배려는
쌀쌀한 시월의 공기마저 따뜻하게 만들어버렸고,
첫 만남부터 유달리 신경 쓰이던 시선과
유난히 자주 마주쳤던 눈길은
황량한 마음에 따스한 온기를 불어넣었다.

우린 흘러가는 시간이 아쉬워
수십 개의 질문과 물음들을 동시에 뱉어냈고
그러고도 모자란 시간이 서운해
살아온 나날을 누가 먼저랄 것 없이 늘어놓았다.

무뚝뚝한 그가 수다쟁이로 변할 만큼

말 많던 그녀가 수줍은 소녀로 바뀔 만큼

모든 게 서툴고, 어색하고, 설렜고, 떨렸던 만남인데

슬프게도, 절실한 사람은

너무 빨리 오거나 너무 늦게 온다.

애틋하게도, 간절한 마음은

너무 오래 남거나 사라지지 않는다.

젠장,

매번 이런 식이다.

어쩌면

어쩌면 너는

좋아하는 사람이 날 좋아해 주는 게 얼마나 어려운 일인데
수험생이라 만나지 못한다는 게
말이 되냐며 짜증을 내다가도

더 좋은 타이밍에 조금 더 편한 마음으로
만나는 게 맞다고 끄덕거리다가도

손을 뻗어 나를 봐달라고 조를까, 떼를 쓸까 싶다가도

그저 이 자리에 가만히 서서 기다리는 것이
가장 현명한 방법일지도 모르겠다고 달래다가도

그러다
이 감정이 흘러가는 시간 속에 같이 떠내려 가버리면 어쩌나
이 밤이 수많은 밤을 지나 한낱 꿈이 되어버리면 어쩌나
기다리다가 아무것도 보상받지 못하고 끝나버리면 어쩌나
불안해하다가도

우리는 이제 어떻게 되는 거죠? 질문을 던지고 싶지만
그 물음으로 모든 것이 끝날 수도 있다는 것을 알기에,
미래를 얘기하기엔 적당한 상황이 아니라는 걸 납득하기에,

그래 아직 끝난 게 아니야,
누구도 안녕이라는 말은 하지 않았으니까,
다독이며 기다리고 있겠지.

어쩌면 내가 그러하듯이.

마음에 속지 마라

'이 사람 같다.

내가 기다려왔던 사람 같다.

놓치면 후회할 거 같다.'

사실 그 사람이 아니면 안 되겠다가 아니라

그냥 도망치고 싶었던 거다.

꼭 그 사람이 아니어도 상관없었던 것 같기도 하다.

이 무게를 혼자 짊어지는 게 겁이 났고 두려웠다.

이 압박감을 누군가에게 떠넘기고 싶었다.

나는 내 마음에 속았었다.

지금 그 카페의 커피를 마시지 않으면 안 될 것 같고
지금 그 친구와 만나지 않으면 안 될 것 같고
지금 그 사람과 시작하지 않으면 큰일이라도 날 것만 같았다.
그렇게 앞으로도 나 자신을 속이려고 할 테지.

마음에 속지 마라.
지나고 나면 급한 것도 아니었고
지나고 나면 중요하지도 않았고
지나고 나면 아무것도 아니었다.

사람들은 결과만으로 판단한다.
어떠한 변명도 불합격 앞에선 소용이 없다.

약하디약한 마음에 속지 마라.

사실은

사실은 꽃들을 보지 못했다, 힐끔힐끔 너를 보느라.

사실은 어제 마음이 설레 잠을 설쳤다.

사실은 오늘 하루 세상에서 가장 예쁜 여자가 되고 싶었다.

사실은 스쳐 가듯 말한 그 여자들을 질투했다.

사실은 "맥주 한잔할래?"라는 말, 속으론 100번 넘게 했다.

사실은 그 고백을 듣고 얼마나 행복했는지 모른다.

사실은 심장이 터지는 줄 알았다.

사실은 나도 너의 마음과 같다고 말하고 싶었다.

사실은 너와의 연애를 상상했다.

사실은 벚나무 밑에서 시간이 멈췄으면 좋겠다고 생각했다.

사실은 미안하단 말보다 고맙다고 말하고 싶었다.

사실은 난 분명 이 거절을 후회할 거라고 예상했다.

사실은 내가 밀어내도 영원히 밀리지 않았으면 했다.

사실은 이렇게 생각했고

사실은 이랬다고 말하고 싶었다.

공시생이 아니었다면.

엄마처럼 아빠처럼

어제 한 공부가 오늘 생각나질 않아 괴롭고
모의고사 성적에 하늘이 무너질 것 같고
머리 어깨 무릎 발, 안 아픈 곳이 없는
그런 나보다

그런 나를 딸로 둔 우리 엄마가 더 힘들겠다.

하고 싶은 건 다 하고 살아야 한다고, 우리 딸 기죽는다고
국영수 과목마다 학원 과외 다 시키시고
갑자기 미대 가고 싶단 딸 한마디에
아빠 설득하느라 애쓰시고

우리 딸 밥은 먹어야지,

고등학교 내내 도시락을 싸 와 저녁 거르지 않게 해주시고

대학 와서도, 졸업해서도

자존심 강한 딸내미 꿀리지 않게 다 지원해주시고

힘겹게 들어간 회사 박차고 나와도

금전적으로 정신적으로 뒷바라지해주시고

이유 없이 짜증 내고 몸 아프다 칭얼거려도

무조건 받아주고 위로해주는 우리 엄마.

몇백 대 일 경쟁률에 여전히 스트레스받고

연애 못 해, 놀지 못 해, 짜증이 나고

가까워지는 시험날짜에 괴리감마저 드는

그런 나보다

그런 나를 딸로 둔 우리 아빠가 더 고생이겠다.

수학여행 전날 새로운 디지털카메라 갖고 싶단

철없는 말에 온 동네를 뒤져 사오시고

미대 입시 때문에 홍대 고시원에서 3개월 지내던 시절엔

가장 큰 방을 얻어주고도

더 해주지 못해 미안해하시고

커피를 좋아해 카페 알바하고 싶다고 말씀드렸을 때엔

용돈이 부족하면 더 주겠다, 더 주지 못해 안타까워하시고

학자금 대출이 당연한 시대를 사는

딸의 짐을 대신 짊어지어 주시고

수험을 결정했을 때도 합격 때까지 뭐든 지원해줄 테니

걱정 말고 공부해라 밀어주시고

다 큰 딸,

집 내주고 용돈 주고 밥 주고도 눈치 보는 우리 아빠.

예전엔 엄마 아빠처럼 살지 않겠다 다짐했는데

요즘엔 엄마 아빠처럼 살 수 없겠단 생각이 든다.

그게 아닌데

새벽 5시 첫차를 놓쳤던 것도

국어 형태론이 이해가 안 됐던 것도

한국사 암기가 힘들었던 것도

영어단어가 안 외워졌던 것도

모의고사 점수가 안 나왔던 것도

시험날짜가 얼마 안 남은 것도

점심에 내가 먹고 싶었던 메뉴가 나오지 않았던 것도

오후 내내 졸았던 것도

온종일 집중이 안 됐던 것도

자습실 자리가 없었던 것도

지하철 배차 간격이 길어서 집에 늦게 도착한 것도

어느 것도 엄마의 잘못이 아닌데

난 오늘도 엄마에게 짜증을 냈다.

아이러니

생각을 하지 않겠다, 다짐하면
얼마나 많은 생각을 하고 있는지, 알게 된다.

예를 들면 매콤한 떡볶이.
예를 들면 시험까지 남은 시간.

예를 들면 부모의 뒷모습.

기대

기분이 좋지 않은 주말이었다.

공부에 집중하지 못했다.
다른 것에 흔들렸다.

오지 않는 전화를 기다리다
집착하는 사람이 되어버린 듯했고,
조금씩 무너져내린 자존심 때문에
신경질적으로 변하고 말았다.

주말 내내

해야 할 일에 집중하지 못했고
하지 말아야 할 일에 마음을 빼앗겼다.

그 후회가 폭풍처럼 찾아왔고
아침엔 모든 게 두려워졌다.
이러다 무너져버리겠구나 싶었다.

오늘 하루는
스스로에 대한 실망으로 시작해서
그로 인한 실점을
조금씩 만회해 나가는 것으로 끝났다.

무거운 발걸음으로 돌아가는 길,
다시는 사람에 기대지 않겠다고 다짐했다.
다시는 기대 따위 하지 않기로 마음먹었다.

내가 너무 많은 걸 바랐다.

힘 빠진 목소리만 듣고
알아주기를 바랐으며

아무 말 없이도 이해해주기를 바랐고
괜한 투정까지 다 받아주기를 바랐다.

힘없는 그 한마디에
너무 많은 기대를 했나 보다.

River

오늘도 울리는 전화를 받지 않았다.
카톡을 못 본 척했다.
그들의 전화를 받을 용기가 없다.
그들에게 아무렇지 않은 척
답장할 배짱도 없다.

오해가 생겼을 수도 있고
그로 인해 사이가 틀어질 수도 있지만
선택의 여지가 없다.

'연락을 못 해서

끊기는 친구들이 생기면 어떡하지.

그래서 합격 후에 아무도 남지 않으면 어떡하지.'

막연한 두려움과 불안감이 고개를 들지만

다른 선택은 없다.

어른이 되고 나서 알게 된 건

오래된 인연을 잃는 게

그리 어려운 일은 아니라는 것이다.

정말 한순간이었다.

아무리 많은 시간을 공유해도

관계가 깨지는 건

사이가 멀어지는 건 한순간이었다.

쌓인 시간만큼 많이 의지했던

친구들과 조금 멀어졌다.

'진짜 친구가 맞나.

나만 친구라고 생각했을까.'

우정은 정적이지 않다는 걸 알면서도
서운했다. 때론 밉기도 했다.

그럴 때마다 되뇐다.

흘러가는 것,
흘러가야 하는 것.
흐를 수밖에 없고
흐르기를 원하는 것들을
흘러가게 두자.

북두칠성

밤이 되면

눈물이 지나간 자리에 빛이 스며든다.

불안

혼란

미련

고독

분노

결심

용기

나를 중심으로 도는 7개의 단어 별.

빛나는 것들은

빛나지 않은 것들로 이루어진다.

오늘도

눈물이 비춰준 그 길을 걷는다.

4장

그토록 듣고 싶었던,
혼잣말

최선의 의미

오늘도 하루 10시간을 공부하지 못했다.

하지만
벗어날 수 없을 것 같았던 침대에서 일어나
지금 이 책상에 바르게 앉아
할 수 있는 것들을 나열하고
그것들을 하나하나 힘겹게 해냈다.

사소하지만 소박한 성취감을 얻었고
아주 조금이지만, 자신감을 얻었다.

누가 뭐래도, 나는 알고 있다.

지금 이 자리에 다시 앉기까지
얼마나 힘겨웠는지,
얼마나 여러 번 무너졌는지,
얼마나 지독한 슬럼프에 빠져있었는지.

누가 뭐래도,
나는 오늘 '최선'을 다했다.

지하철

추운 겨울, 해도 뜨지 않은 시간의 첫차.
꽤 많은 사람들이 자리를 잡고 있다.

건너편에 앉은 아저씨는 40대는 족히 되어 보인다.
건설현장에 나가는 듯한 작업복을 입고
조금 낡아 보이는 운동화를 신고 꾸벅꾸벅 조신다.
오늘도 바쁘고 힘들고 치열한 하루를 살아가시겠지.

그 옆엔 완벽한 정장을 입은 남자가
회의 자료로 보이는 종이 뭉텅이를
엄청난 집중력으로 읽고 있다.

중요한 회의나 PT가 있는 게 분명하다, 잘해낼 것도 분명하고.

대학생으로 보이는 학생은
단어장을 보다가 졸다가를 반복한다.
아침 스터디를 위해 영어단어를 외우려 하지만
눈꺼풀이 너무나 무겁다.
잠결에라도 봤으니 안 본 것보다 나으려나.
그런 그를 보고 있자니 웃음이 난다.

첫차의 승객은 졸거나 읽거나 둘 중 하나다.
오늘 하루를 열심히 살기 위해 졸거나 읽는다.

힘들다는 생각도 투덜거릴 마음도 사라진다.
수요일, 새벽 5시 10분, 지하철 안의 풍경이다.

소리 내 읽기

책임지는 일이라고는
학원을 몰래 빼먹은 뒤
반성문 쓰는 것밖에 없던 그 시절부터

괜히 혼자라고 느껴질 때
우울한 기분이 들 때
마음이 헛헛해질 때
소리 내 글을 읽었다.

목소리에 귀를 기울이고 읽는 행위에 집중하다 보면
금세 외롭고 우울한 느낌은 사라져버리고

164

마음도 한결 가벼워진다.

그게 좋았고 익숙해졌고 습관이 되었고
그때부터 글을 쓰며 살아가고 싶다는 소망과
그걸 읽는 사람이 되고 싶다는 꿈이
뭉글뭉글 생겨났다.

물론 그 꿈도 사라졌고 소망은 희미해져
남은 건 고작 일주일에 한 번 낭독봉사를 하는 것뿐이지만

여전히
이유 모를 슬픔이 밀려올 때
마음이 가라앉아 울적해질 때
가벼운 이별에도 이리 휘청 저리 휘청 거릴 때
소리 내 글을 읽는다.
그리고 소리 내 글을 읽듯 살아간다.

소리 내 글을 읽다 보면
눈으로 읽을 때 그냥 지나쳤던 조사,
눈에 띄지 않았던 접속사들이 보이기 시작한다.

한 자 한 자 꾹꾹 눌러 담아 읽어 내려가면

어느 것 하나 특별하지 않은 단어가 없다.

소리 내 읽듯 살아가다 보면,

바쁘게 살았던 어린 시절, 어린 삶의 여백들이

얼마나 많은지 비로소 알게 된다.

두고 온 것들,

놓아버리고 싶었던 것들,

어쩔 수 없이 잃어버렸던 것들을 돌아보게 된다.

무심코 뱉은 한마디,

무심코 밟은 감정 하나,

그 모든 것들이

얼마나 커다란 의미를 가졌는지 깨닫게 된다.

괜찮다 괜찮다 다 괜찮다

화가 치밀어 오르지도 않았다.

재앙이라고 표현할 수밖에 없는 그 일을 겪고도,

난 아무렇지 않았다.

마치 이 일이 내게 일어나지 않은 것처럼

몸 밖에서 나를 관찰하고 있는 것처럼

지독한 악몽을 꾸고 있는 것처럼

내가 내가 아닌 것 같은

현실이 아닌 것 같은 괴리감마저 느껴졌다.

힘들지 않다 여겼고

아프지 않다 보았고

괴롭지 않다 간주했고

별일 아니다 치부했다.

누구나 세상을 살다 보면 한 번쯤은 겪는 일이다, 생각했다.

하지만 풀지 못한 마음의 응어리는

꽤 오랫동안 나를 괴롭혔다.

뭘 먹기만 하면 이물감이 느껴졌고

가끔은 앞이 안 보이기도 했으며

걷다가 길에 주저앉을 정도로 어지러웠고

어떤 날은 멍하니 앉아 있기만 했으며

명치가 갈라지는 것 같은 통증이 지속되었다.

그러던 어느 날 펑! 하고 터져버렸고

시간이 멈춰진 그곳에서 한참을 허우적거렸다.

삶이라는 게 꼬불꼬불 얽힌 미로를

걷는 일이라는 사실을 깨달은 건 그때이다.

평생 출구를 찾아 헤맸으나

처음부터 출구 따위는 없었다는 것을 알게 된 듯 허탈했다.

그나마 삶이 마음에 드는 건,

시간은 흐르고

모든 것은 어찌 됐든 지나간다는 것.

그러니

괜찮다,

괜찮다,

다 괜찮다.

빠른 길

눈을 뜨고도

베개에 머리를 다시 묻지 않아야 하고,

무슨 옷을 입을지

크게 고민하지 않아야 하고,

무언가를 먹거나 마시는 데

시간을 빼앗기지 않아야 하고,

흘러가는 감정에

사로잡히지 않아야 하고,

세상 돌아가는 일에

관심 두지 않아야 하고,

가족과 친구 얼굴

한번 돌아보지 않는 것.

모든 생활을
공부를 위한 수단으로 만드는 것이
일상으로 돌아가는 가장 빠른 길이다.

모른 척

원래 독하지 못한 것도 알고

여리고 쉽게 흔들리는 사람이란 것도 알아.

그래도

겨우 그것밖에 안 되냐며 스스로를 탓하지 말고,

매번 실망스러운 모습만 보여주냐고 화내지도 말자.

지금은 그냥 모른 척하자.

매번 이쯤에서 멈춰왔던 것,

언제나 딱 이만큼만 해왔던 것,

다 모른 척하자.

여기서 멈추면,

여기서 포기해버리면,

지금까지 해왔던 모든 것들이

무너진다는 걸 명심하자.

일단 오늘 오전만 견뎌보자.

오전을 견디면,

오후를 견딜 수 있어.

오늘 오후를 견디면,

오늘 하루를 견딘 게 돼.

그러니까

일단은 오늘 오전만 견뎌보자.

머릿속을 복잡하게 만드는

서운한, 속상한, 쓸쓸한, 외로운 감정들은

잠깐만 모른 척하자.

애초부터 그런 감정 따위 없었다고 치자.

그 사람에게 투정부리고 싶은 마음,

그 사람에게 심술부리고 싶은 마음.

잠깐만 모른 척하자.

잠깐 넣어두자.

시간이 지나면

아무것도 아닌 게 될 거야.

알잖아.

지금 이 모든 감정은

혼자 견뎌야 한다는 걸.

지금 이 모든 순간을

혼자 견뎌내야 한다는 걸.

보편적인 불안

불안하다.

손을 쓸 수 없이 갑자기 불어난 감정 때문에
사방이 트인 도서관 책상에 앉아 한참을 울었다.

영하의 날씨가 되어버린 이 계절 중심에서
지나온 가을과 다가올 봄을 떠올렸지만
내 인생은 영원히 겨울에 멈춰있을 것만 같았다.
그 생각을 한 건 나뿐만이 아니었다.

지난가을부터 함께 걸었던

친구들도 요즘 지쳐가고 있다.

열매를 맺고야 말겠다는
의지는 힘없이 곤두박질쳤고
뜨거웠던 열정도 계절만큼이나 차가워졌다.

언제나 앞서나가
때론 나를 좌절하게 했고
때론 자극했던 사람들이
나보다 뒤처지기 시작했다.

조금씩 미뤄지고 자꾸만 늦어지다
결국 멈춰버린 친구도 있었다.

그렇게 우린
불안해하고 있다.

유달리 모의고사 많은 1월에 들어서면
기대에 미치지 못하는,
예상하지 못한 점수를 만난다.

막연한 내년이 아니라
임박한 올해라는 현실과 마주한다.

밀리고 고치고 밀리고를 반복한 계획표와
내 손길이 끝까지 닿지 못한 문제집,
해놓은 것보다 하지 않은 것들이
더 눈에 잘 들어온다.

하지만
누구나 안고 사는
보편적인 불안
보편적인 감정이니

곁눈질하지 말고
뒤돌아보지 말고
절대로 멈추지 말고.

하루분

우리에게 주어진 것은

어쩌면 고작

하루분의 공부

하루분의 절망

하루분의 좌절

하루분의 실망

하루분의 걱정

하루분의 슬픔

이것들은 모두 오늘에 속해 있고

내일이 오기 전에 끝난다.

일어나지도 않은 내일 때문에
오늘 괴로워할 필요는 없다.

그러니
우리에게 필요한 건

하루분의 밥
하루분의 힘
하루분의 기
하루분의 꿈
하루분의 생
하루분의 삶

위로1

힘들어서, 아파서, 너무 짐이 무거워서

어떻게 살까 늘 노심초사했고

고통의 나날이 끝나지 않을 것 같았는데,

결국은 하루하루를 성실하게, 열심히 살며 잘 이겨 냈다는

고(故) 장영희 교수의 이야기와

그 누구도 밤을 맞이하지 않고서는 별을 바라볼 수 없고,

그 누구도 밤을 지나지 않고서는 새벽에 다다를 수 없다는

정호승 시인의 말과

아무리 어두운 길이라도 누군가 이 길을 지나갔을 것이고,

아무리 가파른 길이라도

나 이전에 누군가는 이 길을 통과했을 것이라며

아무도 걸어가 본 적 없는 그런 길은 없다는

베드로시안의 충고와

일탈하지 않을 수 없는 극단의 순간에

일상을 지켜낼 수 있는 자가

자신이 원하는 일상을 살아갈 수 있는 것이라는

민준호 선생님의 조언과

저녁때 돌아갈 집이 있다는 것,

힘들 때 마음속으로 생각할 사람이 있다는 것,

외로울 때 혼자 부를 노래가 있다는 것이 행복이라는

나태주 시인의 말에

또 하루를 견딘다.

두고 봐

공부라는 걸 태어나서 한 번도 해본 적 없어
책상에 앉아 있는 것 자체가 고문 받는 것처럼 힘들지만

하루 바짝 공부하고 한 주를 놀아버리는 게 예삿일이고
지난 6개월간
제대로 공부한 날은 한 달도 안 되지만

본격적으로 공부하기 전에
시험 삼아 치른 시험에서
국어 영어 한국사 모두 과락을 받았지만

극심한 우울증과 불안, 공황장애로

공부가 불가능한 상태임을 판정받은 상황이지만

딱히 잘하는 게 없어 내세울 것 없는 삶,

만점도 빵점도 받은 적 없이 어중간한 삶을 살아왔고

게으르고 의지가 약해서 뭐든 제대로 해본 적 없고

조금만 힘들면 금방 그만두고 쉽게 포기해 왔지만

봐도 봐도 모르겠고 그러니 책은 꼴도 보기 싫고

하루는 책을 덮었다가,

또 하루는 책을 펼쳤다가를 반복하고 있지만

흔하다는 토익시험 한번 본 적 없고

영어라면 치를 떨어서

대학입학 이후 한 번도 영어 공부를 해 본 적이 없지만

스스로를 지잡대라고 부르는 대학에 입학해

흥청망청 놀며 평균에도 못 미치는 학점으로 겨우 졸업했지만

사업하다 망해서 돈은 없고 흔한 대학 졸업장도 없는,

인생 자체가 마이너스인 서른넷 나이지만

수험 생활 3년 동안 11번의 시험을 줄줄이 낙방하고
자신감과 자존감 모두 바닥이 되어버렸지만

앞길이 너무 캄캄하고
이성적으로 생각하려고 해도 쉽지 않고
답답하고 우울하고 미쳐버릴 것 같지만

사는 게 녹록지 않아서
숨 한번 들이켜고 내쉬는 것도 버겁지만

어디에도 속하지 못한다는 사실이
가끔은 스스로를 쓸모없는 존재로 만들어버리지만

두고 봐,
꼭 해내고 말테니까.

당신은

동안이라는 얘기를 많이 듣고

인상이 선하고 눈이 참 예쁘고

먹어도 살이 잘 안 찌는 체질을 타고났고

엉덩이 라인이 예뻐서 힙업 운동을 따로 할 필요가 없고

모델 못지않게 다리가 쭉 뻗었고

며칠 전에 도서관에서 엄청 예쁘시다고 쪽지를 받았고

동생과 우애가 좋아 항상 화목하고 행복하게 지내고

언어 감각이 있어서 맞춤법 띄어쓰기는 공부 안 해도 다 맞고

어떠한 힘든 상황도 웃어넘길 수 있는 담담함을 갖고 있고

경제적 어려움 없이 지원해주는 환경이 있고

평생을 큰 불화 없이 다복하게 살아왔고

유럽 10개국 동남아 3개국을 여행했고

리더십이 좋아 각종 장을 도맡아 해왔고

아파도 힘들어도 잘 참고 엄청 성실하고

지지해주고 응원해주는 친구들이 많이 있고

화장을 딱히 안 해도 쌩얼이랑 똑같아서 너무 편하고

재미있고 착하다는 말을 주변에서 많이 듣고

잡다하게 아는 게 많아서 세상 살기 편하고

체력이 좋아서 하루 5시간 자도 끄떡없고

무지무지 아껴주는 남자친구와 5년째 만나고 있고

예의 바르고 차분해 어른들이 아주 좋아하시고

소소한 것에도 행복함을 잘 느끼고

무엇보다

당신은 해낼 수 있는 사람이다.

만약에

한 달에 책을 한 시간도 읽지 않던 네가,

하루 10시간 책 읽는 사람으로 변하고

하루 10시간은 족히 자던 네가,

하루 7시간 자는 사람으로 변하고

한 번도 제대로 공부해 본 적 없던 네가,

어떻게든 책상에 앉아 버티려는 사람으로 변하고

매일 노는 게 일이던 네가,

조금의 빈틈도 용납하지 않는 사람으로 변하고

배불리 먹어야 숟가락을 내려놓던 네가,

집중하기 위해 소식하는 사람으로 변하고

하루가 멀다고 친구 만나는 게 일이던 네가,

친구를 멀리하는 사람으로 변하고
핸드폰을 손에 달고 다니던 네가,

하루 한 번도 화면을 보지 않는 사람으로 변하고
평생 계획표란 걸 짜 본 적 없던 네가,

십분 단위로 시간을 관리하는 사람으로 변하고
한 번도 열심히 해본 적 없는 네가,

죽을힘을 다해 노력하는 그런 사람이 된다면,

그것이 설령 하루일지라도
네 모든 열정을 쏟아붓는 그런 사람이 된다면.

난 생각해.
넌 너의 하루뿐만 아니라

인생까지 변화시킬 수 있는 사람이라고.

끝나도

수험 생활이 끝나도

하고 싶은 것과 해야 하는 것의 고민은 계속되고

하기 싫은 것과 하고 싶은 것의 괴리는 존재하고

해야 하는 것과 하기 싫은 것은 사라지지 않고

남자친구에 대한 고민

친구에 대한 섭섭함

가족에 대한 미안함과 갈등

실패에 대한 좌절감

미래에 대한 불안함

지나간 시간에 대한 후회도 계속되고

하루하루가 버겁게 느껴질 때

심리적 육체적으로 한계를 느낄 때

세상에 나 혼자 남겨졌다고 느낄 때

부정적인 생각이 머리를 가득 채울 때

반복된 일상이 지긋지긋하게만 느껴질 때

생각 없는 말 한마디에 쿵 하고 내려앉을 때

자존감이 바닥을 치고 지하로 사라져버릴 때

빨리 끝내버리고 싶어 조급함이 생길 때

쉽게 편하게 지름길로 가고 싶을 때

계획과 현실이 어긋날 때가 여전히 있으니

스스로 쪼그라들지도 말고

너무 심하게 자책하지도 말고

혼자라고 괜히 꿀꿀해 하지도 말고

단단하게.

당당하게.

담담하게.

위로2

십년지기 친구의 말보다

얼굴도 모르는

익명의 댓글에 눈물 날 때가 있다.

때로는 힘내라는 말보다

그냥 같이 아파해주는 것이

더 큰 위로가 되기 때문이다.

예비공무원

한국에서 13시간 날아온 이곳에서

내가 제일 많이 들었던 말은

부럽다, 이다.

떠나기 전 그곳에서 가장 많이 들었던 말도

부럽다, 였다.

이루고도 그것이 내 것 같지 않았던 나는

그 말이 부끄럽고 어색했다.

내가 해낸 것이 정말 맞을까 의심했다.

혹시 꿈을 꾸고 있는 게 아닐까 불안하기까지 했다.

그리고 굉장히 행복했다.

마음 편히 친구들과 웃을 수 있었고

힘든 시간까지 다 웃으며 넘길 수 있었고

아팠던 장면들도 다 추억이 되었고

더는 눈물 흘리지 않아도 되었으며

남들이 선호하는 직업을 갖게 되었고

부모님의 자랑거리가 되었고

13시간 비행기를 타고 이곳, 몰타에 왔다.

초겨울에 들어선 한국과는 달리

이곳은 바닷물에 몸을 담글 수 있을 정도로

날씨가 따뜻했고

천둥이 치고 번개가 내렸던 작년과 달리

이곳에선 평온하고 햇살 좋은 나날이 계속되었다.

아침에 일어나 하는 일은 바다를 보며 산책하는 일.

벤치에 앉아 들어왔다 나가는 파도를 응시하는 일.

돌아오는 길 좋아하는 과일들을 골라 맛있게 먹는 일.

노트와 펜을 들고 카페에 가, 커피를 마시며 끄적거리는 일.

창밖으로 여유롭게 수영하는 이들을 바라보는 일.

먹고 싶은 음식을 배고픈 시간에 맛있게 먹는 일.

이어폰을 꽂고 좋아하는 노래를 실컷 듣는 일.

원하는 시간에 자고 눈 떠지는 시간에 일어나는 하루.

누구의 눈치도 받지 않고, 누구의 신경도 쓰지 않는 하루.

온전히 내가 하고 싶은 걸 하며 오직 나를 위해 보내는 하루.

아침에 일어나 잠들 때까지 아무 걱정 없이 보내는 하루.

이것이 한 편의 영화라면

지금 이 순간 정지 버튼을 누르고 싶을 정도로

'예비공무원'이라는 타이틀은

생각보다 더 많은 행복을 준다.

임용식의 기억

6월 18일 필기시험을 치고

8월 22일 면접을 보고

9월 9일 최종합격 발표가 난 뒤

4개월이란 시간 동안 그때의 기억들을 잊어버렸다.

아팠던 몸, 힘들었던 마음

그 모든 기억이 마치 꿈을 꾼 것처럼

정말 아프고 나쁜 꿈을 꾼 것처럼

나의 것이 아닌 것처럼 잊혔다.

내가 진짜 합격한 게 맞나

내가 정말 공직자가 된 걸까 의문이 들 때쯤
신규 공직자 입문 교육 소식을 들었다.

그렇게 만난 동기들과
이젠 웃으며 그 시절 아픔을 나눌 수 있었고
이젠 맘 편히 그 시절 이야기를 할 수 있었는데

임용식을 하면서 코끝이 찡했다.
자칫하다 눈물이 날 뻔도 했다.

초등학생 6학년 딸을 둔 아빠.
작년에 제대한 아들이 있는 아버지.
손이 가장 많이 가는 다섯 살 아이의 엄마.
초등학생 아들딸을 키우는 주부.

생각보다 많은 엄마 아빠가 나의 동기였기 때문이다.

가장의 역할을 못 한다는 생각에 스스로 얼마나 채찍질했을까.
어리고 젊은 수험생들보다 얼마나 금방 지치고 쓰러졌을까.
그럴 때마다 가족들에게 얼마나 미안했을까.

조금만 더 기다려 달라 하면서 얼마나 가슴 아팠을까.

아이를 어린이집에 맡겨놓고 돌아오는 그 잠깐의 시간에
집안일과 공부를 동시에 하느라 얼마나 조급했을까.
아픈 아이를 뒤로한 채 한 글자라도 더 보려고 했던
그녀의 마음은 얼마나 찢어졌을까.

내가 겪은 고통보다 더 큰 고통을,
내가 부딪혔던 시련보다 더 많은 시련을,
내가 만났던 아픔보다 더 깊은 아픔을 견뎌왔을
그들을 생각하다가

그 모든 것들을 넘어
이 자리에 온 그들과 함께라는 사실에 감격스러웠다.
그들이 고맙기도 했고, 존경스럽기도 했다.

그런 그들이 공무원이 아니면 어디에 있을까를 떠올리다가
합격선까지 오는 길은 고단하고 고독하지만
공정하고 공평한 공무원시험이 있어 다행이다, 생각했다.

공시생이 되었고
노량진으로 갔다

노량진

공무원시험 꿀팁

Q1. 암기 바보도 한국사 고득점을 받을 수 있을까?

결국 시험에서 95점을 받았다. 비록 100점을 받지 못했지만 아쉬움은 없었다. 방법이 틀리지 않았다는 걸 확인해서 기뻤다.

합격 수기에서 합격자 대부분이 받은 한국사 점수는 100점이었다. 당연히 나도 그 점수를 받겠지, 어느 정도 하면 나오겠지, 착각했다. 어느 정도 힘을 들여야 하는지 짐작하지 못했다. 암기능력이 부족하면 몇만 배는 더 노력해야 한다는 것도 알아차리지 못했다.

1. 공무원 한국사는 100% '암기'이다.

물론 흐름을 파악한 후 암기해야겠지만 암기 없이 고득점을 바라는 건 욕심이다. 영어나 국어와 같은 언어 과목은 맞출 수 있는 문제도 시간이 부족하면 틀릴 수 있기 때문에 암기과목에서 최대한 빨리 문제를 풀어야 한다. 그러니 무조건 한국사에서 시간을 줄여야 한다. 8분 안에 20문제를 마무리해야 한다. 처음에는 8분에 풀

수 있을까. 의문이었지만 가능하다. 꼭 시간을 줄여야 한다. 그래야 영어 한 문제 더 맞힐 수 있다.

한국사 고득점 전략은 문제를 봄과 동시에 기계적으로 번호를 선택해야 한다는 것이다. 그러니 달달 외우고 또 외워야 한다.

2. 강의는 서브다.

주(主)가 되어서는 절대 안 된다. 완강한다고 상을 주는 것도 아니고, 강의를 많이 본다고 점수가 잘 나오는 것도 아니다. 본인이 얻을 수 있는 부분과 버릴 부분을 파악해서 효율적으로 활용해야 한다. 다른 과목에 비해 한국사는 춘추전국이라 강사진과 강의가 다양하다. 샘플강의를 들어보면 강사마다 장단점이 확실하다. 본인한테 맞는 강사가 가장 옳은 길이다. 한번 믿었으면 끝까지 믿고 가야 한다. 의심하면 그만큼 믿음이 떨어지고 성적 하락의 원인을 강사에게 돌리게 된다.

3. 기본서 책을 사지 않았다.

필기 노트로 기본 강의를 들었다. 기본 강의는 흐름 파악이 목적이었는데, 이 책 하나만으로 충분했다. 최대한 빨리 들으려고 노력했지만 120개 강의를 1개월 반 만에 겨우 끝냈다. 눈에 익히려고 노력했다. 처음엔 암기까지 다 하려고 했으나, 1강을 끝내는 데 5시간이 넘게 걸렸다. 암기해야겠단 압박 때문에 힘들어 계획을 변경했다.

기본 강의를 듣는 동안 스스로 공부하고 있다는 느낌은 전혀 받지 못했다. 그저 이야기를 들을 뿐이었다. 문제를 거의 풀어보지도 않아 내가 어디까지 알고 있는지 파악하지 못했다. 그에 따라오는 스트레스를 해결할 방법은 전혀 없었다. 그저 답답할 뿐이었다.

4. 한국사 커리큘럼 중에서 기출이 가장 중요하다고 생각한다.

기출을 익히는 데에만 총 4개월 반이 걸렸다. 시험 전날까지 기출을 놓지 않았다. 먼저, 강의를 들으며 암기한 후 기출을 풀었다. OMR 카드를 따로 만들어 그곳에 정답을 체크했고 문제집에는 틀린 것만 표시했다. 너무하다 싶을 정도로 많이 틀렸다. 외운 게 맞나 싶을 정도로 맞힌 문제가 적었다. 한번 외운다고 내 것은 아니었다.

기출 강의를 한번 들은 후 공부하면서 4주 동안 한 권을 풀었다. 그다음엔 2주–2주–1주–1주 계속 반복했다. 3회독까지는 틀린 거 맞힌 거 상관없이 다 풀었고 이후 틀린 문제만 3~4차례 더 풀었다.

익숙해질 때까지 '암기–기출'을 반복했다. 과정을 다섯 번 반복하면서 엄청난 스트레스에 힘겨웠다. 안 외워져서 첫 번째 좌절, 문제가 안 풀려서 두 번째 좌절, 돌아서면 잊어버려서 세 번째 좌절. 해도 안 될 거 같은 막막함과 원래부터 안 될 일이었나 싶은 불안함

속에 내 부족을 탓하며 더디게 더디게 반복했다.

그러다 다섯 번째로 그 과정을 진행하면서 익숙하다, 느낌을 처음 받았다. 알고 있는 것과 내 것이 된다는 것은 다른 차원의 것이었다. 책을 봐야 '아 그게!'하고 아는 것은 내 것이 아니었다.

책을 보지 않아도 눈에 그려질 정도로 익숙해져야만 했다. 그 과정이 너무나도 괴로웠지만 '외우고 풀고' 패턴을 놓지 않았다.

5. 모의고사는 일주일에 한 번만 풀었다.

그러니 시험 전날까지 한 권을 다 끝내지도 못했다. 모의고사가 너무 쉽다는 사람들의 이야기를 듣지도, 실강 학생들의 평균을 낸 성적표를 보지도 않았다.

어차피 모의고사에서 성적 잘 받으려고 공부하는 게 아니다. 모의고사는 부족한 부분을 잡아내는 용도로만 활용하면 된다. 어디가 부족한지 알게 되었다면 그걸로 역할은 끝이다.

점수는 중요하지 않다. 모의고사에서 100점 못 받았다고 좌절할 필요 없다. 첫 100점이 시험에서 나오면 된다. 그 말을 몇 번이고 되뇌었다.

물론 쉽지 않았다. 잘 나와 봐야 80점. 60점까지 떨어지는 점수를 보고 있으면 그런 다짐들도 소용이 없었다. 잘못된 방향으로 가고 있을 거란 의문이 확신으로 바뀔 만큼 자신이 없었다.

되뇌고 의심하고 되뇌고 의심하고를 반복했다.

6. 국어나 영어에 비해 한국사 공부는 유달리 더 힘들었다.

피할 방도 없이 무조건 암기를 해야 했기 때문인데, 특히나 근현대사 분야는 더 힘겨워서 포기하려고도 했다. 필기 노트를 봐도 강의를 들어도 해결되지 않았다. 그래서 직접 써서 외우는 방법을 택했다. 1910년사부터 1930년사까지 한 장, 건국 준비부터 개헌사까지 한 장, 총 두 장에 넣었다. 수시로 보면서 이미지 자체를 외웠더니 훨씬 수월했다. 암기에 대한 공포도 줄어들었다. 비포 용지 두 장을 통째로 암기해버렸다. 먼저 어디에 뭐가 있는지, 위치를 익숙하게 했다. 그다음 기본 내용, 세부사항 순으로 외워나갔다.

암기 바보도 한국사 고득점이 가능했다.

하지만 남들보다 더 자주 쓰러지고 무너졌다.

공부한다고 해서 금방금방 상승 그래프가 그려지지 않았다.

하면 할수록 더 막막하기만 했다.

대충해버리고 싶은 생각들은 시도 때도 없이 튀어나왔다.

계획에 맞춰 끝내야 한다는 조급함에

숨이 막힐 것 같은 순간도 자주 찾아왔다.

그 순간을 견디지 못하고 언제나 쓰러졌다.

그럴 때마다 스스로 타협했고, 대충했고,

후회했고, 무너졌고, 다시 처음으로 돌아왔다.

그래서 남들보다 더 많은 시간을 썼다.

지름길은 없었다.

더 오래 걸릴 뿐이었다, 엄청난 고통과 함께.

Q2. 단권화는 어떻게 만드는 걸까?

1,000페이지가 넘는 기본서. 총 다섯 과목이니 우리가 봐야 할 양은 5,000페이지가 넘는다. 기본서가 가장 기본이 되어야 하고, 마지막까지 기본서를 봐야 한다는 건 의심의 여지가 없다. 하지만 그걸 시험장까지 들고 가기엔 손도 마음도 무겁다. 그래서 다들 단권화(여러 교재의 내용을 한 권으로 정리하는 작업)를 한다.

한 페이지를 작성하는 데 열 시간도 걸려보고, 만들어져 있는 교재를 활용하지 못하고 괜한 삽질을 했는가 하면, 정리되기는커녕 더 어지럽기만 했던 적도 있다. 그런 시행착오를 겪으며 깨달았던 팁 네 가지.

1. 기본서를 처음 마주했을 때, 즉 1회독 때에는 단권화하지 않는다.

단권화는 조금이라도 더 쉽게 이론을 숙지하고 덜 헤매기 위해 만드는 지도다. 전체를 모르는 상태에서 지도를 만드는 경우는 없다. 처음부터 끝까지 한 번은 가봐야 대충이라도 감이 잡힌다.

1회독 때에는 공부하고 있는 게 아니라 그저 한번 보는 것일 뿐이다. 강의를 들으며 전체를 훑는 과정이다. 때문에 1회독 때 단권화를 한다는 것은 사서 고생하는 일이다. 시간 낭비. 진짜 공부는 1회독이 끝난 뒤부터 시작된다. 기본서의 이론들을 정확하게 파악한 후가 단권화를 만들기 가장 좋은 타이밍이다.

2. 단권화 작업 자체에 너무 많은 시간을 들이지 않는다.

중학교 시절 친구들 사이에서 유행하는 게 있었다. 이른바 필기 예쁘게 하기. 시험 기간 내내 친구들과 그걸 돌려보며 누가 더 예쁘고 깔끔하니 우열을 가누곤 했다. 몇 시간에 걸쳐 그 작업을 하면서 스스로 공부를 하고 있다고 착각했다. 단권화를 만드는 이유는 조금 더 빨리 이론을 숙지하고 조금 더 빨리 구멍을 메우기 위함이다. 절대 깔끔왕 예쁨왕 선발대회가 아니다.

손으로 쓸 수 있는 건 쓰고, 타자로 치는 게 더 빠른 건 치고, 기존 자료를 활용할 수 있는 건 사용했다. 만드는 행위에 집중하면 안 된다. 단권화의 진면모는 사용하면서 발휘된다.

3. 중요한 순서로 가지치기해나간다.

나무를 그린다면, 먼저 나무의 몸통을 그린 뒤 가지를 그려야 한다. 누구도 가지부터 그리지는 않는다. 요약할 때 가장 중요한 건 몸통부터 가지 순으로 그려야 한다는 것이다.

예를 들어 '표준발음법–자음과 모음'을 정리한다면 먼저 가장 핵심이 되는 이론을 자신만의 방법으로, 최대한 간단하게 적는다.

*자음 19개

*모음 21개

*ㅚ,ㅟ → 2개

*져.쳐.쪄 [저.처.쩌]

　ㅖ – 계.메.폐.혜 : [ㅖ/ㅔ] → 2개

　　– 예.례 : [ㅖ] → 1개

　ㅖ – 자음 + ㅢ = [ㅣ]

　　– 의 : 첫음절 [의], 나머지는 허용

그다음 다른 색 펜으로 예시를 작성한다. 예외가 되는 예시는 또 다른 펜을 사용한다. 형광펜을 사용해 중요한 이론은 눈에 먼저 들어오게 한다. 적절하게 다양한 색을 사용하는 게 기억력을 더 높여준다. 단, 떡칠은 금물!

최대한 한 장에 들어오도록 했다. 문구점에서 가장 큰 공책을 사서 이론별로 한 장 혹은 두 장 안에 끝내도록 했다. 그래야 이미지화가 쉽고 기억에 더 오래 남는다.

4. 굳이 1부터 10까지 모든 내용을 담지 않아도 된다.

영어는 모든 이론을 단권화하지 않았다. 가장 중요한 동사, 항상 틀렸던 관계사, 외우기 어려웠던 분사와 준동사, 때때로 봐줘야만 했던 시제일치만을 정리했다. 나머지는 기존에 있던 단권화 교재를 활용했다. 상황에 따라 필요에 따라 기본서에 있는 모든 이론을 단권화하지 않아도 된다. 누구에게 보여주기 위한 것이 아님을 언제나 유념해야 한다.

겨우겨우 완성한 단권화를 사용하지 않는다면 무용지물.

지겨울 정도로 보고 또 봤다.

단권화에 요약해놓은 이론들만 봐도

기본서의 세세한 이론들이 떠오를 정도로 끼고 살았다.

시험날 이 한 권만 들고

시험장에 들어가겠다는 마음으로 써먹었다.

옳은 길은 생각보다 단순했다.

'보고, 외우고, 활용한다.'

그것에 가장 적합한 방법이 단권화였다. 확신한다.

툭 하고 떨어진 몇 달의 휴가 앞에서 괜스레 싱숭생숭했다. 한참을 멍하니 앉아 있다가 정신을 차리고 몰타행 티켓을 샀다. 10월이었고 가을이었고 몰타가 생각났다. 사람들은 왜 몰타냐고 물었다. 기회가 된다면 그곳에서 딱 한 달만 살아보는 게 소원이었다고 답했다. 실은 몰타가 아닌 어디라도 상관없었다. 바다가 있고, 나를 아는 사람이 없는 곳이면 충분했다.

아무런 계획도 없었고, 딱히 해야 할 일이 있는 것도 아니었다. 아침에 나는, 칠부 레깅스와 얇은 면티를 꺼내 입고 선글라스를 챙겨 집을 나섰다. 지중해가 펼쳐진 해안가를 걷고 또 걸었다. 출근하는 직장인들, 학교로 향하는 학생들을 지나쳤다. 마음에 드는 카페에 들어가 카푸치노를 마시고, 배가 고프

면 레스토랑에서 라자냐를 먹고, 목이 마르면 오래된 바에서
맥주를 마셨다.

또 어떤 날은 해안가 벤치에 앉아 하늘을 올려다봤다. 바다와
하늘의 움직임을 온몸으로 느꼈다. 바다의 빛을 그려보기도
하고 구름의 모양을 기록하기도 했다. 바람을 느끼며 맥락 없
는 생각들을 따라 걷다,

견딜 수 없는 것들과 견뎌야 하는 것들 사이에서 힘겨웠던
사는 게 녹록지 않아 숨 한번 내쉬기도 힘들었던
어디에도 속하지 못한다는 사실에 스스로를 짓밟았던
끝이 없을 것만 같았던, 길고 멀었던 터널을 걷고 또 걸었던
비가 오기만 해도 온 세상이 나를 등지는 것 같았던
어쩔 수 없는 일 앞에 손 놓고 울어버렸던
아주 사소한 일에도 희망과 절망이 번갈아 오르내렸던
멀어지는 꿈을, 쓰라린 상처를 감당해내지 못해 주저앉았던
뜬눈으로 지새울 수밖에 없었던 많은 나날들.
괴로웠지만 그랬기에 더 소중한 그 시간들이 떠올랐다.

많은 것을 배웠다.

숱한 문화재들을 쉽게 암기하는 방법도 배웠고,

국어 통사론을 이해하고

적절한 관계사를 제 위치에 넣는 법도 배웠다.

하지만 내가 배운 가장 소중한 것은 내가 어떤 사람인지,

무엇을 좋아하는지,

앞으로 어떤 방향으로 흘러가야 할지 알게 된 일이다.

그리고 또 하나,

살이 찢기는 듯한 아픔을 참아내지 못하면

불빛 하나 없는 칠흑의 어둠을 제 몸으로 지나오지 않으면

그 아픔과 어둠에서 벗어날 수 없다는 것.

그건 너무나도 가혹한 수업이었고

너무나도 혹독한 기다림이었지만

내 평생에 잊히지 않을 추억이기도 했다.

새벽 세시, 공시생 일기

초판 1쇄 인쇄 2017년 10월 20일
초판 1쇄 발행 2017년 10월 27일

지은이 남세진
일러스트 재주
펴낸이 이범상
펴낸곳 (주)비전비엔피 · 애플북스

기획 편집 이경원 박월 김승희 김다혜 배윤주
디자인 김혜림 이미숙 조은아
마케팅 한상철
전자책 김성화 김희정 김재희
관리 이성호 이다정

주소 우)04034 서울시 마포구 잔다리로7길 12 (서교동)
전화 02)338-2411 | **팩스** 02)338-2413
홈페이지 www.visionbp.co.kr
이메일 visioncorea@naver.com
원고투고 editor@visionbp.co.kr

등록번호 제313-2007-000012호

ISBN 979-11-86639-63-4 03810

「이 도서의 국립중앙도서관 출판예정도서목록(CIP)은 서지정보유통지원시스템 홈페이지(http://seoji.nl.go.kr)와
국가자료공동목록시스템(http://www.nl.go.kr/kolisnet)에서 이용하실 수 있습니다.(CIP제어번호: CIP2017022919)」